B의 전장

사이타마 신도심 브라이덜과의 공방

유키타 시키 지음

손중근 옮김

B NO SENJYO SAITAMA SHINTOSHIN BRAIDALKA NO KOBO

© 2017 by Author: Shiki Yukita/ Illustrator: Fumi Ito
All rights reserved.
First published in 2017 by SHUEISHA Inc., Tokyo
Korean translation rights in Republic of Korea arranged by SHUEISHA Inc.
through THE SAKAI AGENCY, INC.
Korean translation rights ©2024 by Somy Media, Inc.

B의 전장

사이타마 신도심 브라이덜과의 공방

CONTENTS

철이 들었을 무렵부터 나는 추녀였다.

정확하게는 태어났을 때부터 추녀였다. 아무리 사진을 거슬러 올라가도 기적의 한 장조차 찾을 수가 없다. 가장 잘 찍힌 것이 어머니 배 속의 초음파 사진이다.

기본적으로 추녀의 인생은 괴롭지만, 초등학생 때가 가장 괴롭다. 사양도 위선도 없는, 아이들 사이의 솔직하고 노골적인 말과 맞닥뜨리니까.

얼굴 때문에 같은 반 남자한테 놀림을 받으면 나는 항상 어머니를 책망했다. 어째서 이런 얼굴로 낳았느냐, 이렇게나 못생겼다면 태어나지 않는 게 나았다고.

이런 소리를 해도 어쩔 수 없다는 건 나도 알지만, 그럼에도 누군가에게 화풀이하지 않을 수가 없었다.

그런 내 눈물을 닦으며 어머니는 미안해, 귀엽게 낳아주지 못해서 미안해, 그렇게 말했다. 그리고 이렇게도 말했다.

언젠가 네 얼굴을 귀엽다고 말해주는 사람이 나타날 거야. 제 눈에 안경이라고, 어떤 얼굴이라도 운명의 상대한테는 세상에서 가장 귀여워 보이게 되거든. 있는 그대로의 너를 모두 사랑해 줄 왕자님이 어딘가에 있으니까.

정말? 되묻는 내게 어머니는 행복한 듯 고개를 끄덕이고 말했다.

괜찮아, 너랑 같은 얼굴인 어머니도 아버지랑 결혼할 수 있었으니까.

마지막에는 항상 그런 말로 매듭지었다.

1

something
BUSU

"오늘은 르미에 신도심 호텔 브라이덜 견학을 와주시어, 감사합니다. 저는 웨딩 플래너 호조라고 합니다. 잘 부탁드립니다."

엄청난 미소로 건넨 명함과 내 얼굴을, 신랑 신부의 시선이 왕복했다. 둘 다 숨을 딱. 상성이 최고라서 좋으시겠어요.

"저기…… 전화로 문의했을 때 응대해 주신, 호조 씨, 로군요."

"예! 기억해 주시다니 영광입니다."

이것 참…… 하고 쓴웃음 짓는 신랑.

예예, 압니다. 알다마다요.

그 얼굴로 '호조 스미카'는 아니잖아. 그렇게 말씀하시고 싶겠죠. 기분 잘 압니다. 하지만 어쩔 수 없잖아요, 제가 고른 이름이 아니니까. 다음에 어머니한테 말해둘게요.

"저희 호텔에는 연회장이 다섯 개 있습니다만, 사전에 말씀하신 하객 숫자라면 루비, 혹은 자수정 연회장이 괜찮지 않을까 하는데……."

　스몰 웨딩, 또는 아예 혼인 신고만 하는 부부가 계속 증가하는 현재도, 우리 같은 호텔 웨딩은 아직 꿋꿋하게 인기가 있다. 역시 결혼식은 여자의 꿈, 남자에게도 인생의 영광스러운 무대. 기왕이면 예식은 물론, 성대한 피로연도 진행하기를 원하는 커플은 절대 적지 않다.

　나도 계속 동경하고 있었다.

　어릴 적, 사촌 언니의 결혼식에서 나는 다른 세계를 체험했다.

　태어나서 처음으로 들어간 시티 호텔은 마치 외국의 영화 안에 있는 것 같고, 형형색색의 꽃이나 십자가, 종이류로 코디네이트된 테이블이 질서정연하게 늘어선 연회장은 마치 성의 만찬회 그대로. 그곳으로 공주님 드레스를 입은 언니가 남편과 팔짱을 끼고서 나타나고…….

　다정하게 미소 짓는 남편. 행복하게 눈물짓는 언니. 그리고 두 사람은 오래오래 행복하게 살았습니다. 그런 감동적인 이야기의 주인공 같았다.

　마치 꿈 이야기. 동화의 세계.

　마법도 못 쓰는, 임금님의 딸도 아닌 평범한 인간이라도 평생에 한 번, 결혼식에서 현실로 이런 날을 맞이할 수 있다──그것을 알고 감동해서 몸이 떨렸다.

하지만.

모두가 반드시 할 수 있는 것은 아니라는 걸 깨닫는 데 시간은 그렇게 오래 걸리지 않았다.

당연한 일이지만, 결혼이라는 것은 혼자서 할 수 없다. 상대가 필요한 것이다.

20여 년이나 계속 발버둥 치고, 최대한의 노력도 하고. 그 결과, 나는 추녀라는 너무나도 높은 허들을 넘어서지 못했다.

어머니는 저렇게 말했지만 현실은 그리 무르지 않았다. 어떤 얼굴이라도 운명의 사람이 "귀엽다"라고 말해 준다면, 미인에게는 운명의 사람이 잔뜩 있다는 뜻이고 추녀에게는 운명의 사람이 존재하지 않는다는 뜻이기도 했다.

한 번도 남성과 사귀지 못한 채로 대학 졸업을 맞이했을 때, 나는 결심했다. 좋아. 만드는 쪽이 되는 거야. 자기 일로 삼아버려, 라고.

나는 평범한 것조차 아니었다. 그렇다면 적어도 평범한 여자가 공주님이 될 수 있는 하루 동안 그림자처럼 뒤에서 전력으로 서포트하는 존재가 되자. 자신의 꿈을 이룰 수 없다면, 누군가의 꿈을 이루어줄 수 있는 마법사가 되자고.

"11월 19일…… 루비. 히지이 님, 히자카와 님……."

상담을 진행하는 브라이덜 살롱 뒤쪽, 브라이덜과 사무실.

볼펜을 포스트잇 위에 끄적끄적 움직여서 글자를 적고, 벽에 붙은 달력의 해당 날짜에 붙이고, 떨어지지 않도록 위에 핀을 꽂는다. 사전 예약을 의미하는 노란색 핀이었다.

"어라 카스미, 지금 돌아간 손님, 전화 영업으로 찾은 거지? 사전 예약을 잡았구나."

돌아보자 선배 플래너인 시오미 레이코 씨가 두꺼운 파일을 벽에 있는 캐비닛에 넣고 있었다. 나처럼 상담을 마친 참인가 보다.

"예. 월말 확정으로, 감촉 나쁘지 않아요. 플로이데랑 우리 중에서 고민하는 모양인데, 성사할 수 있을 것 같아요."

"역시 카스미. 수고했어."

"레이코 씨 손님은 다시 오신 거죠? 뭔가 또 신랑이 들이대진 않았어요?"

보고 있었나, 그러면서 얼굴을 찌푸리는 레이코 씨.

"오늘 신부가 올 수 없다나. 그러더니 다음에 둘이서 한잔하자는 거야. 정말 끈질기다니까. 애인 있나요—라느니 정말 쓸데없는 참견이야. 아예 애가 있다고 말할까 싶었지만, 남편에 관해서 물어보면 곤란하기도 하고. 아무튼 이런 장사니까."

"재혼하면 되잖아요. 레이코 씨라면 몇 번이든 할 수 있어요, 인기 있으니까."

"이제부터 결혼한다는 남자한테 인기 있어 봐야 기쁘지도 않다고."

레이코 씨는 그러면서 웃었지만, 어떤 사람이든 여자로 봐 준다는 것은 솔직히 부러웠다.

딱히 애인이 있는 사람이 들이대더라도 좋을 건 없겠지만…… 학창 시절, "나 정말로 인기 없어, 누구라도 좋으니까 여친 좀 있었으면" 하고 공언하며 닥치는 대로 여자를 유혹하던 동아리 동료조차, 끝내 나한테만큼은 말을 걸지 않았다. 누구라도 좋다, 의 누구라도 안에 추녀는 포함되지 않는 듯했다.

태어난 뒤로, 누구도 나를 유혹한 적이 없다.

누군가 들이대는 것만으로도 부럽다. 그런 비열한 감정을 들키지 않도록 삼키고, 나도 웃었다.

둘이서 웃고 있다가 갑자기 레이코 씨가 진지한 표정을 지으며 "쉿" 하고 손가락을 세웠다. 그러고는 목소리를 낮추고 "과장님이 엄청 보고 있어"라고 속삭였다. 나는 그만 침을 삼키고 어깨 너머로 과장의 모습을 살폈다.

사무실 안쪽에 앉은, 르미에 신도심 호텔 연회부 브라이덜과 책임자, 쿠제 과장이 확실히 우리를 빤히 보고 있었다.

잡담이 시끄러웠나. 하지만 이미 네 시간 동안 잔업을 하고 간신히 돌아갈 수 있는…… 아니, 잡담 내용이 좀 그랬나. 그만 손님에 대해서 쓸데없는 소리를 떠들고 말았다. 그건 반성해야겠다.

"호조 씨."

이름이 불리자, 온몸이 경직되었다.

"예, 죄송합니다!"

뒤집힌 목소리로 사과하자 과장은 한순간 의아하다는 듯 미간을 찌푸리고,

"수고했어요, 시오미 씨도. 이만 늦었으니까 두 사람 다 조심해서 돌아가도록 해요."

그렇게 말했다. 치하하듯이 옅게 미소를 보내어 오자 나

는 어색하게 굳은 미소로 답했다. 비지땀이 굉장한 기세로 뿜어 나오고 블라우스가 등에 찰싹 달라붙었다.

이제 좀 익숙해져야지……. 과장이 말을 건네면, 아니, 같은 공간에 있는 것만으로도 나는 굉장히 긴장한다.

그것은 과장이 일에 엄격한 상사라서 그렇다든지, 그가 불과 얼마 전에 계열사인 르미에 나하 클럽 리조트에서 전근을 왔고, 말투가 적기도 해서 아직 사람 됨됨이를 잘 몰라서 그렇다든지 이유는 이것저것 있지만, 가장 큰 이유는 그게 아니다.

쿠제 과장은, 아름답다.

남성인데도 비칠 듯이 아름다운 피부에 날카롭고 예쁜 눈, 선을 쓱 그린 듯한 이중으로 긴 속눈썹, 조각상처럼 늠름하고 오뚝한 콧날, 살짝 탱탱한 입술과 그것들을 둘러싼 완벽한 윤곽. 그러면서 중성적인 것도 아니며 큰 키에, 얼핏 호리호리하게 보이는 몸이지만 제대로 단련하고 있는 듯 절묘한 두께 밸런스를 가진 몸, 거기에 유명 브랜드의 정장이 무시무시하게 잘 어울렸다.

뭐라고 할까, 완전히 박살 났다.

모델도 무색한, 내 인생에서 만난 사람 중에서 틀림없이 최고인, 빼어난 미형. 후광이 비치는 듯한 모습을 뵙는 것만으로도 그는 과연 정말로 나와 같은 인류일까, 반대로 이 사람이 호모 사피엔스라고 한다면 나는 그 이외의 무언가가 틀림없을 나 자신의 DNA를 의심하고 만다.

"예, 그럼 먼저 실례할게요……."

어떻게든 이 한마디를 꺼내는 것만으로, 오늘의 잔업 4시간보다 더 지쳤다.

"이제 곧 7월인데, 아직도 이 시간에는 빌딩풍이 차갑네."

역과 직결된 보행자용 통행로를 걸으며 레이코 씨가 셔츠 옷깃을 세웠다. 상쾌한 블루 스트라이프가 어스름한 이 시간에도 선명하게 떠올랐다.

역 앞이라고는 해도 이곳 사이타마 신도심역의 서쪽 출구 남쪽은 관공서 관련 빌딩이 많아서, 밤이 깊기도 전에 조명이 꺼지고 통행량도 줄어 무척 쓸쓸해져 버린다.

하지만 이것도 익숙한 풍경. 우리 플래너는 손님이 일을 마친 다음부터 미팅이 시작되는 경우가 부지기수. 그러니까 잔업 4시간이라고는 해도 사실 드문 일도 아니고, 어떤 의미로는 오늘도 정시 퇴근이었다.

"쿠제 과장님, 우리가 이야기하고 있으면 자주 빤—히 본단 말이지. 조금 무서워. 업무 중에 떠들지 말라고 화를 내려나 싶었는데, 그렇다고 주의를 주지도 않고. 아까도 그랬잖아."

"레이코 씨한테 반한 거 아닐까요? 마음이 있는 걸지도."

"어— 설마. 뭐, 나도 아직 여자를 버린 건 아니지만."

대화를 나누며 업무용 묶음 머리를 내리고, 긴 머리카락을 쓸어 올리는 동작이 멋있다.

미인이 하면 어째서 이렇게나 그림이 되는 걸까. 내가 내리면 그저 버석버석한 머리에 꼴사나워지니까, 나는 항상 집까지 이대로 돌아간다.

"저런 좋은 남자가 나한테 호감이 있다니, 기쁘기도 한데 조금 미안해지네. 딱히 이런 애 딸린 연상을 고르지 않아도, 쿠제 과장님이라면 좀 더 좋은 여자를 마음대로 골라 잡을 수 있잖아."

레이코 씨 같은 미인이라도 그런 생각을 할 때가 있구나. 그럼 내가 과장과 같은 공기를 마시는 것만으로도 견딜 수 없는 건 무리도 아니다.

"그보다도 틀림없이 애인 있겠지. 저런 얼굴에, 덤으로 고

학력 엘리트니까. 뭐였더라, 그게 미국인지 영국인지 대단한 대학을 나왔다고 했지, 아마. 여자 쪽에서 내버려둘 리 없다니까."

"확실히…… 없을 이유가 없네요."

"그래그래. 레스토랑의 치즈루도 노리는 모양이던데, 저건 이미 짝이 있어. 어떻게 봐도."

"어, 치즈루라니, 그런가요? 과장님을?"

"응~ 뭐, 노린다고 할까, 가벼운 느낌이지만.『쿠제 님』같은 소리나 하고."

"그렇구나…… 뭐, 치즈루라면 젊고 귀여우니까 찬스가 있을지도 모르겠네요."

"미안하네, 젊지 않아서."

"그런 의미가…….."

"게다가 돌싱이고."

"그런 말은 안 했어요!"

"농담이야."

그러면서 웃는 이목구비가 또렷한 얼굴에, 전방의 NTT도코모 빌딩에서 닿은 빛이 흑백의 포트레이트 같은 그림자를 새긴다.

B의 전장

"그럼, 내일 봐. 수고했어."

"수고하셨어요."

핀 힐 소리를 경쾌하게 울리며 레이코 씨는 오른쪽의 사이타마 신도심역으로. 나는 왼쪽으로 꺾어서 기타요노역으로 향했다. 이 두 역은 기타요노 덱이라고 불리는 보행자 통로로 이어져 있다.

그 기타요노 덱과 사이타마 신도심역의 중계 지점이기도 한, 사이타마 슈퍼아레나의 앞뜰, 느티나무 광장을 지난다.

지상 2층의 인공 지반에 220그루의 느티나무를 심었다는 이 광장은 드라마나 영화의 촬영지로도 자주 사용되는 장소다. 밤이 되면 발밑이 간접 조명 같은 부드러운 조명으로 디자인되어서 어슴푸레하게 밝다. 콘크리트 상자에 마법을 걸어서 출현시킨 기계 장치의 숲 같구나, 하고 처음 왔을 때 그렇게 생각했다.

사이타마 신도심은 헤이세이에 들어선 뒤로 탄생한 새로운 거리다.

예로부터 서로를 미워했던 우라와와 오미야 지역의 전쟁으로 초토화된 옛 요노시가 부흥하여 완성된 곳이 이곳 사이타마 신도심……이라는 건 그냥 이야기로 들었고, 그런

쪽의 사정은 지방 출신인 나로서는 잘 모르겠다.

옛날부터 도쿄의 베드타운이라고 일컬어진 이곳도 교통의 요충지, 북쪽의 현관이라고도 불리는 오미야를 가진 사이타마시에는 나 같은 지방 출신도 놀랄 정도로 많은 것이다.

그리고 나는 타지 사람——여하튼 나 같은 시골 사람——을 대범하게 받아들이는 이 거리, 사이타마 신도심에 불가사의한 친근함을 느끼고 있었다.

사이타마현 주민은 자학을 좋아해서 자주 도쿄와 비교하며 연신 시골이라고 그러지만, 나 같은 도호쿠 출신자가 보기에는 사이타마도 대단한 도시다. 적어도 사이타마 시내에서는 조난당할 수 없다.

그리고 사이타마현인데도 '도(都)'심이라는, 모순이 느껴지는 밉지 않은 네이밍. 히라가나로 '사이타마(さいたま)'라는 표기의 느슨함도 이 어찌나 다정한가. 틀림없이 나 같은 진짜 시골 사람을 우선 역명으로 누그러뜨리고, 도시에 대한 불안과 긴장으로 굳은 어깨의 힘을 빼주려는 그런 배려가 틀림없다. 다정하다. 오모테산도나 다이칸야마에는 없는 배려.

B의 전장

그런 다정한 고장에 이끌려 각지에서 유입되는 이주민 다수가 이곳 사이타마시에 정착하길 바란다고, 기타칸토 2세 사이타마 사람인 친구가 말했다.

느티나무 광장을 지나서 이어지는 고가보도, 기타요노 덱을 그저 걸어갔다.

국도17호선 머리 위를 가로지르고, 계단을 내려가서 개찰구를 지나고, 또 계단을 올라가서 사이쿄선 기타요노역 플랫폼으로. 각 역 정차밖에 안 서는 역이니까 플랫폼은 대개 비어 있다. 아무도 앉지 않은 벤치 끝에 앉았다.

도호쿠, 조에쓰 신칸센 노선을 따라서 놓인 구름다리 플랫폼, 방음벽 틈새로 불과 몇 분 전에 막 나온 직장 방향을 바라봤다. 늘어선 빌딩 숲 틈새로 르미에 신도심 호텔이 머리만을 내밀고 있었다.

옥상에 유리 예배당의 관을 받든 11층짜리 건물 상부 측면에, 빛의 공을 이미지화했다는 비눗방울 같은 엠블럼이 아련하게 빛나고 있었다.

연회장에서 1년의 잡무, 그리고 플래너가 되어서 6년. 저 철근 철골 콘크리트 사각의 성 안에서 나는 이제까지 수백 쌍의 커플에게 마법을 걸었다.

잔업은 당연, 급료도 시급으로 환산하면 아르바이트보다 수지가 안 맞고, 손님에게는 단 하루를 위해 수백만 엔의 큰 금액을 사용할 흔치 않은 기회임으로 클레임이나 생각지 않은 트러블도 쉽게 벌어지고 압박도 크다.

육체적으로도 정신적으로도 힘든 일이지만 나는 이 벤치에서, 아련한 열기처럼 천천히 몸을 타고 흐르는 피로를 느끼며 돌아가는 전철을 기다리는 게 좋았다.

후우ㅡ, 길게 숨을 내쉬고는 가방에서 스마트폰을 꺼내어 착신을 체크했다. 메시지 앱에 읽지 않았다는 표시가 떠 있었다. 학창 시절의 친구가 보낸 메시지였다. '상사가 너무 미남이라서 괴롭다니 사치! 우리 대머리 부장이랑 바꿔줘'라는 메시지와 중지를 세우고서 으르렁거리는 곰 스티커. 어젯밤 내가 흘린 불평의 답변이었다.

사치……겠구나.

이런 직장의 인간관계로 고민한다, 그런 소리를 해서는 안 된다고 생각한다.

하지만 나는 가능하다면 바코드 머리에 흐리멍덩한 안경을 쓰고 토시를 한 과장이라든지, 나잇살 가득한 배에 큰소리로 웃는, 목에 자석 파스를 붙인 알바 아주머니라든지,

그런 사람들에게 둘러싸인 직장에서 평온을 얻고 싶었다.

하지만 여하튼 브라이덜 업계는 물론, 호텔에서 일하는 호텔리어 중에는 화려한 사람이 많다.

물론 접객업인 이상, 나도 청결감을 가장 우선으로 옷차림에는 신경을 쓰고 있다. 다만 뭘 어떻게 해도, 애당초 얼굴 생김새라는 넘을 수 없는 벽이 있다. 추녀는 뭘 해도 추녀이고, 화려한 사람들과 함께 있으면 아무래도 열등감을 자극당하고 만다.

침울해지는 사고를 가로막듯이 손안의 스마트폰이 짧게 진동했다. 레이코 씨가 보낸 메시지였다. 지금 막 헤어졌는데 무슨 일일까.

'작년 나하리조로 이동한 접객 담당 무라타 군, 연락처 알아?'

고개를 갸웃했다. 나하리조라는 것은 계열사인 르미에 나하 클럽 리조트의 약칭이다.

'몰라요. 접객 쪽 사람이라면 알고 있지 않을까요'라고 대답했다.

'알았어! 미안해~'라는 대답이 왔다.

뭐였을까. 내일 물어보면 될까.

……다시 생각해 보면 레이코 씨도 처음에는 조금 거북했다.

미인이고, 시원시원하고, 정말 멋있고…… 같이 있으면 긴장해서 제대로 말을 건넬 수가 없었다.

하지만 내 환영식이라는 핑계의 회식에서 레이나 씨는 놀라울 정도로 싹싹하고, 거드름도 피우지 않고…… 손님 앞에서는 의연하지만, 사실은 무척 싹싹한 사람이라는 것을 알았다. 신입 사원에게는 흔한 실수를 잘 알고 있으면서 잘못할 것 같으면 주의를 주었고, 실제로 실패하고 말았을 때는 나도 신입 시절은 자주 그랬으니까, 그러면서 웃으며 거들어주었다.

지금은 내가 정말 좋아하는, 동경하는 선배이자 든든한 동료.

그렇다. 쿠제 과장도 이제부터 이것저것 알아간다면 레이코 씨처럼 존경하는 상사로서 따르는 기분이 앞서고, 점점 마음을 터놓을 수 있을지도 모른다. 아니, 틀림없이 그렇다. 그렇게 되었으면 좋겠다. 응, 분명히 괜찮다.

눈을 감고 지나가는 쾌속 열차의 낮은 울음소리를 등 뒤로 들으며 스며드는 피로를 곱씹었다.

다음 날 아침, 내 책상에서 수화기를 붙들고 사회자의 스케줄을 잡고 있던 참에, 레이코 씨가 출근했다. 안녕, 하는 목소리에 전화 너머의 사회자와 대화를 나누며 눈짓으로 인사했다. 통화를 마친 뒤, 옆 책상에 앉은 레이코 씨에게 말을 건넸다.

"무라타 씨가 무슨 일 있었나요? 연락했나요?"

"어— 그거 말이지, 응. 접객 쪽 사람한테 연락처를 받아서 어젯밤에 통화했었거든. 정보 수집 차원에서. 쿠제 과장님은 이곳에 막 왔으니까 여자가 있다면 오키나와일 거라고 생각해서."

아니…… 레이코 씨.

"흥미가 없어 보이더니, 마음이 있었나요?"

"그게 말이지, 이런 빅찬스를 놓칠 수야 없잖아? 저런 상위 품종은 좀처럼 못 본다고."

"상위 품종이라니." 사람한테 할 표현이 아니잖아.

자—자—, 라고 손을 팔랑거리며 기죽지도 않고 말하는 레이코 씨.

"하지만 말이지, 파고든 순간에 무라타 씨가 웃음을 터뜨려버려서. 그러고는 딱하다는 것처럼 그러더라고. 쿠제 씨는, 저쪽 계열이라고."

"저쪽 계열?"

레이코 씨는 입가에 손을 대고 속삭이는 목소리로 말했다.

"그러니까~, 여자한테 흥미가 없대."

"어……."

그건 그러니까 그게.

"과장님은 나하리조의 접객부 특별층 캡틴이었다는 모양
이던데."

"나하리조에서? 굉장해…… 아직 젊은데."

이곳 르미에 신도심 호텔은 결혼식을 비롯한 연회부에 힘
을 실은 시티 호텔이고, 숙박 손님은 장소 상 사이타마 슈
퍼 아레나에서 벌어지는 이벤트 때문에 이용하는 손님이
많다 보니 객실은 싱글룸 비중이 높으면서 숙박 요금도 적
당한 수준이다. 그래서 객실만 본다면 비즈니스호텔에 조
금 가깝다.

반면에 르미에 나하 클럽 리조트는 '리조트'인 만큼, 접객
부문은 신도심과는 격이 다른 리조트 호텔이라 랭크 정도
가 아니라 카테고리 자체가 다르다. 부지 면적도 신도심의
스무 배 이상은 된다.

B의 전장

그런 나하리조에서, 그것도 VIP만이 이용할 수 있는 특별층의 캡틴이라니. 관리직 입문이라고는 하지만, 신도심의 브라이덜과 과장으로 온 것도 지나치게 젊다고 생각했는데…… 정말로 실력자구나.

"그게, 저 사람의 어학 능력이 굉장하고 기품도 있으니까 그랜드 스위트에 머무르는 해외 셀럽 대응 같은 걸 했었나 봐. 그리고 저런 외모니까 손님이 마음에 든다며 방으로 끌어들이려던 일도 상당수 있었던 모양이야. 하지만 그럴 때마다 그야말로 번번이, 일절 상대하지 않고 거절해 버렸대."

호오, 하고 맞장구를 쳤지만 어쩐지 현실감이 없었다. 해외 셀럽이 들이대는 일상이라니, 나로서는 상상도 할 수 없는 세계다.

"접객의 프로라고는 해도 호텔리어는 호스트가 아니니까. 그건 상관없다고 생각하지만. 그중에는 말이지, 유혹을 거절당한 적이 없다, 이런 굴욕을 당한 건 처음이라고 분개하는 셀럽도 있었다는 거야. 그리고, 어느 날 사건이 벌어졌지."

"사건?"

"할리우드 여배우 시드니 벨루카가 몰래 머무르던 때 말이지."

"시드니 벨루카라면 그게, 공주님 같은 역할만 맡는?"

"야한 공주님 역할 말이지. 그 시드니도 쿠제 과장님……
그때는 쿠제 캡틴인가. 어쨌든 좀처럼 넘어오지 않으니까
방 앞에서 큰소리로 화를 내고, 그러다가 뭔가가 거슬렸는
지 쿠제 캡틴도 말대꾸하는 바람에 격렬한 말다툼이 벌어
졌대."

"어, 저 과장님이 손님한테? 그것도 그런 VIP한테 말대꾸
했다고요? 냉정해 보이는 사람인데…… 뭐라고 그랬나요?"

"그게 정말 빠른 말투라서 목격한 접객 담당은 거의 못
알아들었다고 그러는데, 쿠제 씨가 어떤 단어를 몇 번이나
되풀이하는 것만큼은 알 수 있었대."

"어떤 단어?"

레이코 씨는 그때 눈을 가늘게 뜨고, 최대한 목소리를 낮
추어 말했다.

"——ugly!(추녀)"

핏기가 가셨다.

그 단어 자체가 가진 나에 대한 독성과, 그런 맹독을 전

B의 전장

세계의 스크린을 장식하는 미녀에게 피부은 쿠제 과장이라는 인간의 정체 모를 무언가에 의해 오싹해졌다.

대개 호텔리어라는 입장으로 손님에게 그런 폭언을 던졌다면 무사히 넘어갈 리가 없다. 어째서 지금 그는 태연하게 우리 상사로 일하는 것일까. 입을 뻐끔뻐끔 움직이는 내 의문에 대답하듯이 레이코 씨가 계속 이야기했다.

"이건 큰일이라고 생각한 접객 담당이 지배인을 데리고 돌아왔을 때는, 어째선지 시드니는 기분 좋게 웃고 있었다…… 그보다도 대폭소하고 있었대. '어쨌든 내가 당신 타입이 아니라는 건 알았어'라고, 너무 웃어서 눈물을 글썽이며 쿠제 씨의 어깨를 두드렸대. 지배인이 실례를 사죄하려고 했더니 아무 문제도 없다, 아— 재미있었다며 팁까지 뿌릴 정도로 기분 좋아 보였다고."

"그건 대체 어떻게 된 걸까요…… 소년 만화 같은 데서, 서로 주먹싸움을 하고 결국 친구가 되어버린 그런 걸까요."

그렇다고 해도 마음이 넓다. 추녀…… 같은 소리를 듣고도 재미있었다며 웃을 수 있다니. 이것이 할리우드 스타의 그릇인가, 또는 아메리칸 조크 같은 건가.

"글쎄. 나도 무라타한테 들은 이야기니까 그건 모르겠고,

나하리조에서는 아무도 시드니의 진의는 알 수 없었대. 그래서 결국 쿠제 캡틴은 문책 없이 넘어갔다고 해."

……별안간 믿기 힘든 이야기였다.

"뭐, 쓸데없이 움직이기 전에 알아서 다행이야. 어휴, 위험했네."

"그럼 과장님은 포기하는 건가요?"

"포기고 뭐고, 카스미가 이상한 소리를 해서 그런 기분이 들었으니, 조금 욕심을 부렸을 뿐이야. 스스로 저런 거물을 노릴 만큼 뻔뻔스럽지는 않아, 나는."

시원시원하구나.

이런 식으로 게임처럼 연애할 수 있으면 즐거울까. 게임이든 뭐든, 내게는 저 과장이 상대라면 벌을 받을 것 같아서 망상 소재로 삼지도 못하겠는데.

"나하리조에서도 다가가기 힘든 분위기는 있었고, 그런데도 인기는 잔뜩 있었다고 그러는데, 역시나 시드니 사건 이후로는 아무도 들이대지 않게 되었다더라……."

"지금 나하리조라고 했나요? 시드니라면 오스트레일리아? 여행 이야기인가요?"

비밀 이야기를 나눈다는 생각이었는데 어느샌가 목소리

가 커져 버렸나 보다. 후배 하나오카가 순수하게 대화에 참여했다.

"저는 다음에 사원 할인으로 나하리조 갈까 생각하고 있는데요—, 좀처럼 그이랑 휴가를 맞출 수가 없어서요. 카스미 선배님이랑 레이코 씨는, 나하리조에 가봤어요?"

하나오카는 이곳에서 가장 신입인 플래너니까 그녀 말고 다른 플래너는 모두 선배에 해당하겠지만, 내가 그녀의 직접적인 교육 담당이라서 그런지 그녀는 내게만 '선배'를 붙여서 부른다.

"뭐야, 하나오카. 너 애인 있었어? 다행이네—, 못생긴 여자를 좋아하는 사람이 있어서."

"잠깐만요, 코야노 치프 너무해요, 그이는 그런 게 아니라고요—."

"그런가, 안경 도수가 안 맞는 것뿐인가."

"정말이지, 최악이야! 성희롱이에요!"

"치프 그거 정말로 성희롱이니까."

보다 못한 레이코 씨가 나무라자 항상 시시한 아저씨 개그만 하는 코야노 치프는 실실 웃었다.

하나오카는 추녀이지만 귀여운 부류다.

솔직히 단정하다고 말하기는 힘들다. 하지만 빨간색과 녹색 인형 탈을 쓴 조금 그림 같은 화장을 해서 애교 있는 얼굴이다.

나 같이 구제할 길 없는 추녀가 아니라 어딘가 즐거운, 오히려 다른 사람에게 호감을 사는 귀여움이 있다. 그 증거로 애인도 있고, 이렇게 남성들이 농담거리로 삼기도 한다. 추녀도 나 정도로 본격적이면 너무 딱해서 평범한 어른은 장난도 치지 않는다.

"아, 쿠제 과장님. 안녕하세요."

"그래."

과장이 들어오자 사무실 안의 분위기가 찌릿한 긴장감으로 뒤덮였다. 명백하게 과장보다 연배가 있는 코야노 치프도 긴장한 표정으로 입을 다물었다.

항상 이런 시시한 농담을 하거나 느슨한 모습이어서, 이 정도로 분위기를 다잡아주는 위압감이 있는 상사로서는 바람직할지도 모르겠다.

"과장님— 제 말 좀 들어주세요— 코야노 치프도 참, 너무해요."

하지만 전혀 위축되지 않는 부하도 있었다.

"네 애인은 못생긴 걸 좋아한다든지 그런다고요. 정말로 너무하지 않나요, 성희롱이라고요—."

점점 말이 격해지는 하나오카에게, 다음으로 코야노 치프에게 차갑고 맑은 시선을 보낸 쿠제 과장은 조용히 대답했다.

"하나오카 씨의 애인은, 못생긴 여자를 좋아하는 게 아니겠지."

"그렇죠—!" 라고 득의양양한 하나오카가 "애인도— 항상 절 귀엽다고 말해 준다고요"라고 코야노 치프에게 말을 던졌다.

그것 봐, 역시. 틀림없이 나하리조에서의 소문은 무언가 착각이다. 쿠제 과장은 일에 엄격하고 성실한 상식인이고, 추녀…… 같은, 그런 말을 입에 담을 사람이 아니다. 그런, 여성을 모독하는 듯한 말을 입에 담는 상사가——.

"그 애인은, 하나오카 씨를 귀엽다고 생각해서 사귀는 거겠지? 그건 못생긴 여자를 좋아한다는 게 아니라, 단순히 미적 감각이 뒤틀린 인간이야."

하나오카는 울고 있었다.

잠깐 화장실, 그러고는 달려가며 울고 있었다.

그것을 지켜보는 내 등줄기도 완전히 얼어붙었다. 떨렸다. 이 사람한테는 최대한 다가가지 않아야 한다. 이런 예리한 칼날, 스치는 것만으로 치명상을 당한다.

옆자리의 레이코 씨가 넌지시 컴퓨터 화면을 내 쪽으로 향했다. 화면에는 메모장이 열려 있고, '그렇지?'라고 적혀 있었다. 레이코 씨의 가느다란 손가락이 경쾌하게 키보드를 두드려서 문장이 계속 이어졌다. '그렇지? 실제로 남자를 좋아한다는 증거가 없다지만, 여자를 싫어하는 건 틀림없어.'

나는 고개를 끄덕여 답하는 것이 고작이었다.

몇 분이 지나서 돌아온 하나오카는 아무 일도 없었던 것처럼 일을 시작하고, 방문한 손님을 상대로 "우리 상사들 너무하다고요ㅡ, 내 얼굴을 깔보고ㅡ, 성희롱한다고요ㅡ"라며 불평을 흘리며 담소를 나누었다.

나는 오후 휴식이라 책상에 항상 두고 있는 초콜릿 과자를 가볍게 먹고 커피로 흘려 넣은 뒤, 11층의 레스토랑 『레아르』로 향했다.

레 아르가 자랑하는 전면 유리 접객 공간은 개방감으로 넘쳐서 신도심이나 오미야의 건물들과 디오라마 같은 철도, 날씨가 좋을 때는 후지산도 볼 수 있지만, 엘리베이터를 내려서 바로 나오는 접수처는 일부러 햇빛이 들어오지 않도록 막고 간접 조명과 조화로 시크한 정취를 자아내고 있었다.

휴식 시간인 지금이라면 손님은 거의 들어오지 않을 터. 내 노림수대로 접수처에는 접객 담당인 치하루가 지루하다는 듯 목을 돌리고 있었다.

작은 체구에 작은 얼굴, 검고 큰 눈동자가 귀여운 치즈루는 예쁜 미인이 가득한 숙박 프런트의 예약 담당보다도 남성들에게 인기가 높았다.

"카스미 씨, 수고하시네요."

"수고하네. 그것 좀 볼 수 있을까?"

여기요, 라며 접수처 아래에서 건넨 바인더를 펼쳐 훑어봤다.

"있었어요?"

"응, 이번 달에는 한 건. 또 모리노 화단에서 직접 이쪽으로 보낸다니까, 부탁할게."

"알겠어요…… 아."

내 얼굴에서 어깨 너머로 치즈루의 시선이 움직였다.

"쿠제 님."

식은땀이 화악 뿜어 나왔다.

오늘 아침의 일 때문에 함께 있는 것만으로도 긴장되는 상사에서 이름을 듣는 것만으로도 공포스러운 정체 모를 무시무시한 존재로 악화되었다.

"쿠제 과장님! 수고하시네요, 셰프랑 미팅이신가요?"

아―! 그만해! 말 걸지 마!

공포의 기척이 천천히 이쪽으로 다가오는 것을 등 뒤로 느끼며, 나는 한시라도 빨리 이 자리를 떠나고자 서둘러 수첩을 펴고 바인더에서 읽은 정보를 메모했다. 초조한 탓에 손이 떨렸다.

"호조 씨."

등 뒤에서 쐐기를 박자, 심장에 금이 갔다. 그런 느낌이었다.

"…………예."

심장 고동을 느끼며 돌아봤다.

"이런 곳에서 뭘 하고 있지? 그건 여기 예약리스트 같은데."

"……예. 과거에 제가 결혼식을 담당한 손님이 예약하시진 않았는지 확인하고 있었어요."

"왜 그런 일을?"

"우리 호텔에서 결혼하신 손님 중 다음 해 결혼기념일에 여기서 식사하시는 부부가 가끔 있거든요."

그런데? 라고 눈으로 이야기하는 과장에게 떨리는 목소리로 계속 말했다.

"그런 소중한 날, 결혼식이나 피로연의 추억에 잠기기 위해 이곳에 또 오신다는 건, 결혼식에 만족하신 증거라고 생각해서, 기뻐서……, 감사와 결혼 1주년 축하의 마음을 담아 꽃을 드리고 있어요."

차가운 눈동자가 내 추한 눈을 빤히 응시하고 있었다. 침묵이 무섭다.

"저기…… 레스토랑부의 매니저한테는 허락을 받았는데요……."

더더욱 말없이 내 눈을 바라봤다. 무섭다. 얼굴이 지나치게 단정해 더더욱 무섭게 느껴진다. 꽃을 선물하는 것 자체가 안 된다는 걸까. 전임 브라이덜 과장한테도 허가는 받았지만…… 무섭다.

"저기."

내가 울 것 같은 표정인 것을 깨달았는지 치즈루가 끼어들듯 말을 꺼냈다.

"항상 제가 돌아가실 때 꽃을 드리는데, 손님들도 기뻐하세요. 호조 씨 기억해 주는구나—라고, 감격하세요. 드리는 꽃도 손님께 부담이 되지 않도록 너무 거창하지 않은 미니 부케를 골라서요. 그런 카스미 씨의 세심한 마음 씀씀이는 레스토랑에 있는 저도 본받고 싶을 정도예요."

나를 도와주었다. 얼굴도 귀엽지만 성격도 다정한 치즈루. 내가 남자라면 틀림없이 반했다.

"아, 죄송해요. 손님이 오셨어요."

그 말에 나는 황급히 벽으로 붙고, 쿠제 과장은 "어서 오십시오"라고 차분하게 맞이한 다음 스마트하게 옆으로 물러났다. 치즈루는 앞장서서 손님을 안으로 안내했다.

단둘이 남겨졌다.

"……호조 씨."

"아, 예."

조금 전 대화의 뒷이야기일까. 멋대로 서비스하는 건 그만두라고 그럴까.

"지금 그녀도 그랬지만, 신도심의 스태프는 서로 허물없이 이름으로 부르는 걸 자주 듣는데."

"아…… 예, 우리는 나하리조랑 다르게 규모도 작고 종업원도 적으니까, 가족 같다고 할까, 다들 사이가 좋아서요. 이름이나 애칭으로 부르는 게 보통이라…… 저기, 이런 건 좀 그럴까요?"

"그렇군…… 너무 허물이 없는 건 칭찬받을 근무 태도는 아니지만, 퇴근 뒤나 휴식같이 사적인 대화라면 문제없겠지."

"예…… 주의할게요."

꽃 이야기는 불문, 그렇게 이해하면 될까. 안도의 한숨을 내쉬려던 그때,

"호조…… 씨는, 뭔가 애칭이 있습니까?"

응?

"여기서는 평범하게 이름으로 부르는데요……."

"아뇨, 친한 상대가 사적으로 부르는 별명 같은 거 말입니다."

"없지는 않지만…… 저기, 어째서 갑자기 존댓말인가요?"

평소에는 이렇게, 내리누르는 듯한, 상사의 위엄으로 가득한 말투인데.

"업무상의 대화는 규율이 필요하지만, 지금은 아니니까

요. 그야말로 존중을 담은 겁니다. 나이도 아마 제 쪽이 한 살 연하니까."

젊다는 건 알았지만, 연하…… 어쩐지 더더욱 풀이 죽는다.

"지금 연하라는 말에, 상대하기 불편하다고 생각했죠? 그러니까 업무 중에는 저런 말투를 쓰는 겁니다. 자신보다 연상인 부하가 많은 만큼, 어느 정도 어깨에 힘을 주지 않으면 부서가 제대로 돌아가지 않게 되니까요."

"아뇨, 불편하다든지 그런 건 아니지만………… 하지만, 과장님은 피곤하지 않나요?"

"익숙하니까요, 괜찮습니다."

이 두부의 유통기한이 하루 지났지만 괜찮아, 같은 정말 아무것도 아닌 일처럼 말했다. 입사했을 때부터 엘리트, 해외 대학에서도 월반했다는 소문이 있으니까 분명히 어릴 적부터 지나치게 우수한 사람 나름의 고생이 있었고, 그에 대한 대처법도 자연스럽게 익혔을 테지. 뭔가, 굉장하네.

"그래서, 어떤 애칭인가요."

"어…… 학생 때는, 카스미라고 불렸어요."

"음, 평범하게 이름으로 불렸나요."

"어, 아뇨, 말만으로는 전해지지 않지만, 가타카나의 카

스(カス)에 아름다울 미(美)를 써서 카스미예요. 메일이나 메시지 대화에서는 그렇게 썼어요."

꾹, 과장이 입을 굳게 다물었다. 미간을 찌푸리고 내 얼굴을 빤히 노려봤다. ·········화났나? 어째서?

잠깐의 침묵 후, 과장의 입술이 움직였다.

"호조 씨는, 카스(부스러기)가 아니에요."

"·········."

동화 속 왕자님처럼 아름다운 얼굴을 가져다 대며 말하자 가슴이 확 따듯해졌다.

──아니, 위로라고 받아들이면 안 된다. 어차피 또, 카스가 아니라 추녀일 거라든지, 그런······.

"멋져요, 호조 씨는."

·········어?

"······카스미 씨, 라고 불러도 될까요?"

어리둥절 눈을 크게 뜬 채, 목소리도 낼 수 없었다.

"아, 물론 단둘이 있을 때만 부를 테니까요."

대답을 기다리는 과장에게 일단 예라고 말하고 싶은데, 하지만 머리가 따라가지 못하고, 어떻게든 움직인 입은 "어어"라 발음하고 있었다.

어린애 같은 대답에 과장은 만족한 듯 미소를 짓고 떠났다.

저건 뭘까.

과장도 그 나름대로 새로운 부임지에 적응하려고 부하에게 다가가는 걸까.

그래서 저런 말을 한다?

남자한테 '멋지다'라는 말을 들은 거, 처음이야…….

아니, 그 말 그대로 받아들여서는 안 된다. 진심으로 그런 생각을 할 리가 없다. 쿠제 과장 같은 사람으로서는, 나 따위는 벌레, 그것도 장수풍뎅이같이 인기 있는 곤충이 아니라 기분 나쁜 벌레다. 구더기라든지.

어째서 저런 말을 했을까. 무슨 생각을 하는 걸까.

다람쥐 쳇바퀴 도는 사고를 전화벨 소리가 가로막았다. 그 소리에 자신이 책상에 앉아 있다는 사실을 깨달았다.

문득 주위를 둘러보니 다른 플래너는 대부분 상담에 나가서 사무실에는 아무도 없었다. 안 되지, 나도 일하자, 일. 집중해야지. 황급히 책상의 수화기를 들었다.

"전화 감사합니다. 르미에 신도심 브라이덜 살롱, 호조입니다. ……예, 9월 결혼 예정인 무라이 님이시군요. 아뇨, 저희야말로 신세 지고 있습니다. 담당자는…… 예? 책임자를, 말씀인가요? ……예, 알겠습니다, 잠시만 기다려주세요."

보류 버튼을 누르고 사무실 전방으로 시선을 보냈다. 책임자는 평소 그대로 그곳에 앉아 있었다.

"쿠제 과장님, 9월 결혼인 마치다 님, 무라이 님 부부의 신부님께서, 책임자와 이야기하고 싶으시다는 데요."

"알았다."

평소처럼 냉정한 눈빛. 필요 최소한의 간결한 대답. 조금 전의 일이 점점 더 믿기지 않았다.

"1번이에요. 부탁드릴게요."

과장이 수화기를 들고 이야기를 시작하자, 나는 의자를 뒤로 빙글 돌리고 후우— 하고 들리지 않도록 한숨을 내쉬었다.

긴장했다. 항상 과장과 대화하는 건 긴장되지만 오늘은 어쩐지 더더욱 긴장했다.

담당 플래너가 아니라 책임자에게 할 이야기가 있다, 그런 불온한 전화를 연결한 탓이 아니다. 게다가 지금 통화 느낌으로는, 클레임이라는 분위기도 아니었다. 오히려 무라이 님은 어쩐지 미안하다는 듯, 무척 조심스러운 태도로………… 설마 파혼?!

결코 드물지는 않지만…… 참으로 비통한 기분에 빠지려던 찰나, 이번에는 접수처에서 내선 전화가 들어왔다. 손님 방문이었다. 나도 브라이덜 살롱에서 상담을 진행하고자 일어섰다.

그 후에도 과장에게 이상한 구석은 없었다. 업무 중의 과장은 여전했고, 나 말고 다른 부하와도 전혀 친근해진 모습은 보이지 않았다. 단단히 다잡은 표정으로 서류를 훑어보거나 척척 지시를 내리고 있었다.

아까 그건 대체 무엇이었을까. 모르겠다. 모르겠……으니까, 더는 생각을 그만두자.

그렇게 생각을 정리한 다음 날 아침이었다.

"어라? 하나오카 휴가인가요? 오늘은 오후부터 담당하는 손님과 약속이 있을 텐데. 감기라도 걸렸을까요?"

출근 시간을 지나서도 하나오카가 오지 않는다는 것을 깨닫고 말하자 옆자리의 레이코 씨는 "글쎄……"라며 고개를 갸웃거렸다.

지각이라면 좋겠지만 병결 같은 것으로 오지 못한다면 약속을 한 손님에게 연락해야만 한다.

"누가 하나오카……한테 연락받은 거 없나요? 없다면 전화해 볼게요."

말하고 수화기를 들려는 내게, 과장 자리에서 제지하는 목소리가 닿았다.

"아니, 내가 걸지."

"아, 예. 부탁드려요."

과장이 수화기를 들고 번호를 눌렀다. 그대로 침묵의 시간이 이어졌다. 좀처럼 받지 않는 모양이었다. 무슨 일이 있는 건 아닐까, 그렇게 불안하던 그때, 과장이 말을 시작했다. 다행이다, 하나오카가 받았나 보다.

지금 어디에 있지, 출근 시간 지났다만. 그런 말 다음, 또 잠시 침묵이 이어졌다. 과장의 표정이 점점 험악해진다. 무슨 말이냐, 바보 같은 소리 말아라, 목소리가 거칠어지기 시작했다.

무슨 일인가 주시하는데, 과장이 짜증 어린 기색으로 수화기를 내려놓았다. 저쪽에서 일방적으로 끊었나 보다.

나는 하나오카의 교육 담당이었고, 막 자립한 지금도 그녀를 돕는 건 내 역할이라고 생각한다. 기분 나빠 보이는 과장에게 말을 건네고 싶지는 않지만 용기를 짜내어 과장의 자리 앞에 서서, 물었다.

"무슨 일인가요? 하나오카 씨, 뭐라고 했어요?"

불쾌한 듯 찌푸린 미간 아래, 긴 속눈썹과 차가운 눈동자로 찌릿 나를 올려다본 과장은 한 번 한숨을 내쉬고 말했다.

"그만두겠다고. 그렇게 말했다."

"예……? 아, 아니, 어째서 갑자기? 무슨 일 있었나요?!"

"어제, 손님한테서 담당자 교체 요청이 있었지. 시오미 씨에서 하나오카 씨로 바꿔 달라고 했는데, 하나오카 씨는 하고 싶지 않다고."

머리에 퍼뜩 스치는 것이 있었다.

"무라이 씨…… 말인가요?"

어제, 내가 과장한테 넘긴 그 전화.

험악한 표정 그대로, 과장은 끄덕였다. 아, 그런 건가.

"……그래서, 하나오카 씨한테 억지로 넘겼나요?"

"당연하지. 손님의 지명이야."

나는 자신을 진정시키듯 천천히 숨을 들이마시고 내쉬었

다. 과장한테 무어라 대답할지 생각하는 동안, 그는 자리에서 일어섰다.

"하나오카 씨 집에 다녀오지. 무슨 일 있으면 핸드폰으로 연락하도록."

"어⋯⋯."

"부임하자마자 부하가 무단결근에 퇴직서도 안 내고 이직하게 둘 수야 없지."

화이트보드의 업무 예정표에 빈틈없이 글자를 쓰는 그의 등을 향해, 무심코 말을 던졌다.

"잠깐만요, 저도 갈게요! 가게 해주세요!"

의아하다는 듯 돌아본 과장은, 내게 오늘 상담 예정이 없는 것을 확인하고 승낙했다.

"카스미."

핸드폰을 가지러 자리로 돌아간 내게, 레이코 씨가 르미에 로고가 있는 종이봉투를 건넸다.

"이거, 가져가."

"⋯⋯예."

받아들자 손에 묵직한 무게가 느껴졌다.

관리직이 되면 자가용 통근이 허락되는구나.

군청색 독일 차 조수석에서 나는 질식할 것만 같았다. 처음 맡는 고급 차의 겨울 침엽수림 같은 냄새와 운전석에 앉은 과장의 향수 같은 희미한 향기는, 내가 들이마시고 내쉬어서는 안 되는 기분이었다.

하지만 확인해야만 하는 것이 있었다. 무례를 알면서도 입을 열었다.

"쿠제 과장님…… 담당자 교체 이유, 하나오카 씨한테 그대로 말했나요?"

아무것도 아닌 일처럼 "음" 하는 대답이 돌아왔다.

"시오미 씨가 이혼했다는 게 들켜서, 미신을 믿는 커플 같았으니까…… 그런 식으로 얼마든지 얼버무릴 수 있잖아요."

진행 방향으로 시선을 향한 채, 과장은 의아하다는 듯 고개를 갸웃거렸다. 그랬다. 이 사람이 이해할 수 있을 리가 없다.

핸들을 꺾을 때마다, 기어를 조작할 때마다 시야에 들어오는 긴 손가락. 큰데도 예쁜 손. 얼굴이 예쁜 사람은 신기하게도 손도 예쁜 경우가 많다.

그런 사람을 보면 생각한다. 사람은 윤곽이나 얼굴의 부분부분, 몸의 부분부분이 각자 임의의 형태를 이루고, 그것이 결과적으로 보기에 좋거나, 반대로 밸런스가 나쁘거나 하는 게 아니다. 애당초 '아름다운 유전자'와 '추한 유전자'가 있어서, 아름다운 것은 아름답고 추한 것은 추하게 정해지는 것이 틀림없다고.

이런 아름다운 사람은 우리의 마음을 알 수 있을 리가 없다.

푸릇푸릇하게 자란 벼가 바람에 흔들리며 여름의 햇살을 반사하는 논. 그것이 양쪽으로 펼쳐지는 도로를 길게 나아가면 나타나는 주택가 안에 하나오카의 집이 있었다. 사이타마시 이와츠키구 외곽의 단독주택. 하나오카의 본가가 이곳이었다.

인터폰을 누르자 하나오카와 무척 닮은 어머니가 나오고, 우리가 상사와 동료라고 소개하자 신세를 지고 있다며 몇 번이나 허리를 숙이고, 배우와 여자 코미디언이 왔느냐고 생각해서 놀랐다며 양손을 비비고, 할머니, 괜찮아, 텔레비전 아니라며 집 안쪽으로 말을 건네고 또 허리를 숙였다.

"미안해요. 내려오라고 그랬는데, 방 안에서 문을 잠가버려서요. 저 아이도 참, 휴가라고 거짓말을 하다니. 정말이지."

"실례를 해도 되겠습니까?"

"어머나, 이런 누추한 집이라 부끄럽네요. 하지만 굳이 이런 곳까지 와주셨으니, 아무것도 없지만 차라도."

"아뇨, 괜찮습니다. 하나오카 씨와 대화를 하고 싶은 것뿐이니까, 방 앞까지 들어가도 괜찮겠습니까?"

슬리퍼를 내어주려는 것도 기다리지 않고 과장은 "실례합니다"라며 불쑥 들어갔다. 하나오카의 방은 2층인 듯했다. 현관에 들어가서 바로 계단을 올라가는 정장 뒷모습을 올려다보고 나도 뒤따랐다.

계단을 한 칸 내디딜 때마다 나무판자가 삐걱거렸다. 불단이 있는지 선향 냄새와 싱거운 녹차 냄새가 낡은 목조 주택 안에 서로 녹아들어서 묘하게 안도하게 만드는 그리운 느낌이 들었다.

뒤집혔다, 라고 생각했다.

과장의 차 안에 있던 내가 이질적이었던 것처럼, 지금 이 집 안에서 과장은 어딘가 이질적이었다.

역시 이 사람은 왕자님이다.

불우한 처지인 처녀와 사랑에 빠지는 동화 속의 왕자님이 아니라, 하층의 세계에는 결코 어울리지 않는, 어울려서는 안 되는 진짜 왕족. 구름 위의 존재.

"하나오카 씨, 쿠제다. 퇴사한다면 하더라도 정당한 절차를 밟아. 전화 한 통으로 넘길 생각인가?"

"자, 잠깐만요, 과장님, 설득하러 온 거 아닌가요?"

계단을 올라가서 하나오카의 방문을 노크하자마자 과장이 그런 말을 내질러서 나는 황급히 끼어들었다.

"하나오카, 정말로 그만둘 거야? 하나오카는 센스도 있고, 손님들의 평판도 좋은데 아까워. 중학생 때부터 플래너가 되는 게 꿈이었고, 전문학교도 나왔잖아? 잡무 생활도 열심히 해서 간신히 어엿한 플래너가 되었는데, 여기서 그만둘 거야?"

점점 말이 격해지자, 여전히 닫혀 있는 문 너머에서 신음 같은 목소리가 돌아왔다.

"카스미 선배님도 오셨군요……. 미안해요. 하지만 어차피 과장님은 나 같은 추녀, 필요 없다고 생각한다고요."

"무슨 소리냐! 너한테는 기대도 하고, 가능하다면 퇴직 생각을 거둬들였으면 한다. 하지만 네가 그만두겠다면서 들질 않으니까 그 방향으로 이야기하는 거 아닌가. 네가 담당하기를 바라는 손님도 계시는데, 어린애 같은 짓 말고 나와,

사회인이잖아."

큭, 비웃는 듯한 웃음이 문 너머에서 들렸다.

"내가 담당하길 원한다고요? 그러니까 그게 싫다는 거예요. 그런 오만한 신부, 절대로 사양이에요."

"그러니까 어째서 네가 화내는 거지? 일을 뺏긴 시오미 씨라면 모를까, 너는 지명을 받았다고. 플래너로서 명예로운 일일 텐데, 기뻐해야지."

"기뻐하다니, 그럴 수 있을 리가 없잖아요!"

얇은 나무문을 목소리로 쪼갤 기세로, 하나오카가 외쳤다.

"……레이코 씨는 미인이니까 싫고, 나는 괜찮다……. 그거, 넌 나보다 못생겼다고 그러는 거나 마찬가지잖아요? 바보 취급하는 거예요. 그런 사람을 위해서, 마음을 담은 플래닝이라니…… 저, 못 해요."

"뭐냐, 그런 일로 토라졌나? 하나오카 씨, 너도 프로잖아. 친구한테 회식 2차 간사를 부탁받는 것과는 다르다고, 손님을 호불호로 선택할 수 있다고 생각하나?"

"일이니까……! 분위기를 나쁘게 만들고 싶지 않으니까, 직장에서도, 계속 못생겼다고 놀려도, 농담처럼 웃어넘겼지만……. 하지만, 저도, 사실은 상처받고 있다고요!"

나는 문 앞에 선 과장의 팔을 무심코 붙잡았다. 왕자님이 갑자기 구더기가 닿았다며 불쾌했는지 놀란 듯 돌아봤다. 나는 과장을 신경 쓰지 않고 밀어내며 문에 손을 댔다.

"나도 알아."

"카스미…… 선배님?"

상처 없는 추녀 따윈 없다.

생글생글 웃고 있어도, 사실은 이 이상 상처받지 않도록 미소로 무장해서 아픔을 견디고 있다.

나도 학창 시절 '카스미(カス美)'라는 별명이 붙은 거, 사실은 상처였다. 슬프고, 굉장히 상처를 받았고, 비참했다. 하지만 "상처받으니까 그만해"라며 떠들어대는 건 그 상처를 더욱 벌리는 것 같아서, 심각하게 행동했다가는 그것만으로도 깊은 상처를 입는다는 생각에, 하나오카와 마찬가지로 "너무해~"라는 식으로 함께 웃고, 나도 그 별명을 사용하기도 했다.

"나도 알아. 하나오카의 기분, 나는 잘 알아."

다른 누구는 모르겠지만, 나는 안다.

"선배님……."

하나오카의 목소리 톤이 바뀌었다.

"하지만 하나오카는 신부님의 마음, 알아?"

"예……?"

"담당 플래너가 미인이라 신부인 자신이 희미해지니까 바꿔달라, 그렇게 부탁한 신부님의 마음…… 하나오카는, 잘 알잖아?"

문 너머에서 허둥대는 기척이 있었다.

사실은 상처받았는데도 태연하게 행동하고 마는 것은, 그러는 편이 편하니까.

상처는 아파하면 아파할수록, 더욱 지독하게 아프다.

그러니까 타인이 용모에 대해서 말하더라도 농담처럼 넘기고, 피하고, 자신은 괜찮다, 별일 아니라고 행동한다. 상처받은 자신을 인정하고 열등감을 드러내어 이 이상 비참해지고 싶지 않으니까.

자신이 못생겼다는 건 알고 있어도 그것을 정면으로 받아들이는 것은, 신경을 쓴다며 타인에게까지 알리는 것은, 힘겹다. 미인이 아니더라도, 적어도 그런 걸 신경 쓰는 속좁은 여자는 아니라고 여겨졌으면 좋겠다. 비굴하고 비뚤어진, 마음마저 못생긴 여자로 여겨지는 것은 싫다.

그런 자그마한 자존심마저 스스로 짓밟고 담당자 교체를

청한 신부님의, 그 마음을.

"결혼은, 평생에 한 번 하는 거잖아."

"……두 번 이상 하는 사람도 있어요."

"그렇지만. 나 같은 사람은 말이지, 한 번도 못 할지도 모른다고. 혹시 천재지변이나 독신 금지법 제정 같은 일이라도 벌어져서 만에 하나라도 결혼할 수 있게 된다면, 그 한 번은 이미 기적이야."

그렇게까지 말할 필요야, 문 너머에서 그렇게 중얼거리는 목소리가 들렸다.

"아니. 결혼은, 정말로 기적이야. 나 같은 추녀가 아니라도…… 자신의 인생을 주는 것에도 용기가 필요한데, 타인의 인생을 받는 거라고. 상대도, 자신의 인생을 주겠다고 생각하지 않으면 불가능해. 자신이 용기를 낼 수 있는 상대가, 자신에게도 용기를 내어준다면 그건 기적이야. 그런 기적이 일어난다면 기쁘지, 인생의 하이라이트야. 바로 그렇기에 단 하루를 위해 수백만 엔이나 드는 결혼식을, 피로연을 할 수 있는 거야."

이 일을 하다 보면 그만 잊어버릴 뻔할 때도 있지만, 공주님도 왕자님도 연예인도 아닌 평범한 남녀가 큰 파티를 열고 비싼 돈을 지불하는 건, 결코 당연한 일이 아니다. 정말로 특별한 하루니까, 특별한 일을 하는 것이다.

"우리 웨딩 플래너는, 몇 개월에 걸쳐서 손님과 처음부터 피로연까지 완성한 뒤 고액의 대금을 직접 청구해. 그것은 신뢰가 없으면 수행할 수 없다고, 나는 자부하고 있어. 미인이 싫다고 해서 추녀라면 누구든 괜찮다고 여긴다, 나는 그렇게 생각하지 않아."

기적의 꽃이 피는 특별한 하루. 그것을 모두 맡는 것에는 상응하는 무게가 있다.

그러니까 틀림없이 무라이 씨도 살롱에서 상담 중에, 혹은 연회장 안내 중에…… 어디선가 하나오카의 대응을 보고, 이 사람이라면 괜찮겠다고 지명했을 테지. 그렇지 않다면 아무라도 상관없으니까 미인이 아닌 사람으로 해달라고 말하는 것이 보통이다.

"그만큼 특별한, 신부님께는 소중한 하루니까, 스스로를 상처 입히면서도 담당자 교체를 부탁할 수 있었던 거야. 부끄러운 걸 알고, 비참한 심정도 받아들이면서 신부님은 그만큼 진지했다는 거. 그만큼 소중한 결혼식이라는 거야. 그런 강한 마음으로 임하는 결혼식을 도울 수 있다니, 플래너의 행복이잖아!"

"선배님⋯⋯."

"그런 소중하고 둘도 없는 날에, 누구보다 빛나는 신부이고 싶다, 누구에게도 뒤처져 보이고 싶지 않다고 생각하는 건, 자연스러운 감정이라고 생각해. 그것을 하나오카한테까지 강요한 건 확실히 제멋대로인 짓이었을지도 모르지만⋯⋯ 하지만 나는, 신랑 신부에게는, 그 단 하루 정도는 실컷 제멋대로 굴게 해주고 싶어."

모두가 자기 인생의 주인공일 텐데도, 대부분의 사람은 누군가의 조연 같은 인생을 보내고 있다. 하지만 결혼식은 인생에서 단 하루, 틀림없이 자신이 주연이 될 수 있는 날. 그날 하루 정도, 평소에는 결코 꺼낼 수 없는 제멋대로인 말을 들어준다. 그것이 플래너의 마법이다.

"⋯⋯⋯⋯."

문고리가 돌아가는 소리가 나고, 문에 댄 손을 밀어내는 반응을 느꼈다. 작게 열린 틈새에서 하나오카가 얼굴을 비추었다. 빨갛고 촉촉한 눈에 화장기 없는 그 얼굴은, 평소보다 더 어리고 귀엽게 보였다.

"저⋯⋯⋯⋯ 카스미 선배님한테, 좀 더, 많은 걸⋯⋯ 배우고 싶어요."

"응. 이거, 레이코 씨한테서 받아왔어."

종이봉투를 건넸다. 하나오카가 주저하는 기색으로 받아든 내용물은, 검고 두꺼운 고객 파일이었다. 측면에는 빼곡하게 메모지가 붙어 있고, 펼치자 마커 자국이 가득하고, 레이코 씨의 아이디어나 주의점, 분석한 신랑 신부의 취향이 색깔 펜으로 여기저기에 적혀 있었다.

레이코 씨는 좀처럼 실수하지 않고, 결혼식의 크기와 관계없이 정말로 세심하게 배려한다. 이런 사람이니까, 레이코 씨한테 잘못이 있을 일은 일단 없다. 하지만 그럼에도 어떻게든 레이코 씨 탓으로 해서 담당자를 바꾸려고 있지도 않은 트집을 잡는 신부도 사실은 이제까지 몇 명이 있었다.

그런 수단도 취할 생각만 있다면 취했을 텐데. 그러지 않고 정직한 이유를 전한 이번 신부님은 공평하다고 할 수 있다. 이렇게까지 진지하게 대응한 레이코 씨를 잘라서 상처입히는 만큼 자신도 수치를 무릅쓰고, 상처를 드러내고 진지하게 고통을 짊어진 것이다. 게다가 하나오카에게 진짜 이유를 전해진다고는 생각하지 않았을지도 모른다.

"어떻게 할래? 이 손님, 하나오카가 필요 없다면 내가 받을 건데."

하나오카는 도리도리 고개를 내저었다.

"저…… 몰랐어요. 하지만, 깨달았어요. 저라면…… 저니까, 틀림없이 이 신부님의 마음에 진심으로 다가갈 수 있을 거예요. ……레이코 씨도 저한테 맡기길 잘했다고 생각할 수 있도록, 최고의 결혼식으로 만들게요."

하나오카는 두꺼운 파일을 끌어안고 눈물을 뚝뚝 흘렸다.

하나오카가 출근 채비를 하는 동안, 나와 과장은 차를 세워둔 근처 코인 주차장으로 돌아왔다.

이미 정오가 가까워 바로 위에서 햇볕이 쨍쨍 내리쬐고 있었다. 벗은 재킷을 왼손에 들고 오른손의 손수건으로 계속 땀을 훔치며, 나는 돌아가는 길을 생각하고 있었다.

돌아갈 때는 하나오카도 같이 가니까, 나는 일단 선배니까 뒷좌석에 앉으면 될까? 하지만 지금은 단둘인데 조수석을 비우고 앉는 것도 부자연스러울까? 하지만 또 돌아가는 길에 계속 조수석에 있는 건 조금.

더위 탓에 생각도 정리되지 않고, 조수석과 뒷좌석 문 사이에서 어느 쪽을 열까 고민하는데 "카스미 씨"라는 목소리가 날아들었다. 돌아보니 과장이 코인 주차장의 자판기에서 사 온 듯한 캔 커피를 양손에 하나씩 들고 서 있었다.

"저당이랑 블랙, 어느 쪽으로 할래요?"

사적인 모드의, 존댓말을 쓰는 과장이었다.

"아…… 그럼, 저당으로."

사실은 블랙이 좋지만, 땀을 많이 흘려서 이제는 페트병 보리차 같은 걸 꿀꺽꿀꺽 마시고 싶은 기분이었다. 하지만 어쩐지 남성인 과장한테 블랙을 양보해야 하지는 않을까 싶어서 저당을 골랐다.

그보다도 과장은 어느 쪽으로 할지 물어봤어야 했구나, 나중에 그것을 깨달았지만 자판기 캔 커피라고는 해도 남성이 음료를 사 주는 것은 처음이라, 불과 몇 초 만에 바로 판단할 수 없었던 것도 무리는 아니겠지. 당황해서 이상한 목소리가 나오지 않았던 것만으로도 훌륭했다. 화려한 바에서 모르는 남성이 칵테일을 산다, 그런 도시 전설을 혹시라도 마주했다가는 나는 심장이 터져서 죽을 것이다.

정중하게 인사를 하고서 받아들자, 과장은 차에 기대어 블랙 캔을 땄다. 과장도 이 더위에 재킷을 벗고 넥타이도 조금 풀었다. 가느다란 턱을 꾹 올리고 한 모금 들이키자 울대

뼈가 요염하게 위아래로 움직였다.

무심코 숨을 삼켰다. 이 사람이 너무 멋있어서 거북하다는 것도 잊고 빠져들어 있는데, 과장의 눈이 문득 이쪽을 향했다. 메두사와 눈이 마주친 것처럼 몸이 쩌적, 소리를 내며 굳어버렸다.

"카스미 씨. 아까는, 고마웠어요. 덕분에 하나오카 씨가 의욕을 되찾았어요. 이 시간이라면 오후 상담에도 늦지 않겠어요."

"아뇨, 주제넘게 나서서 죄송했어요. 실례되는 짓까지 해버리고……."

내가 움츠러들자 과장은 고개를 가로저었다.

"어떻게 그녀의 마음을 알 수 있었나요? 담당자 교체 사정도, 카스미 씨한테는 이야기하지 않았는데."

"그건 뭐, 여자 사이니까…… 담당자 교체 쪽은."

입 밖으로는 꺼내고 싶지 않다. 그런 생각이 스쳐서 말을 끊었지만, 거짓말을 해봐야 소용없다. 나는 계속 말했다.

"과장님은 막 부임하셨으니까 모르실지도 모르겠지만, 사실은 저도 이따금 시오미 씨의 손님한테 담당자 교체 지명을 받았거든요."

전임 과장은 이유를 솔직히 말하지는 않았지만…… 이렇게 몇 건이나 계속되면 역시나 스스로 깨닫게 된다. 아무도 건드리지 않는 것을 기회 삼아서 나도 이제까지는 깨닫지 못한 척을 했다. 하지만, 알고는 있었다.

"하나오카 씨한테는 잘난 것처럼 말해버렸지만, 나도 그런 이유일까 헤아렸을 때는 답답했고, 침울했고, 비참한 기분이 들어서 손님이 무척 싫다고 생각하기도 했어요."

의외라는 표정으로 이쪽을 보는 과장에게 쓴웃음으로 답했다.

"하지만 솔직히 싫어하면서도 몇 달이나 계속 미팅을 가지는 사이에, 신부님의 마음이 조금씩 보여서……. 그걸 깨달았더니 제 마음도 편해졌고요. 그 후로 더더욱 신부님의 마음에 다가가려고 했더니, 참고서 일을 하는 게 아니라 신부님을 위해서 열심히 하자고 자연스럽게 생각할 수 있게 되었어요."

과장은 캔 커피를 든 손을 허리까지 내리고, 이런 고민과는 인연이 없었을 아름다운 얼굴의 굳게 다문 입술에서 작게 숨이 흘렸다.

"……역시 대단하네요. 나라면 설득 못 했어요."

그러고서 고개를 숙이는 과장을 제지하듯 "아뇨"라고 말을 던졌다.

"그것을 깨달은 것도 아까 쿠제 과장님이 말씀하신 것처럼 나도 프로다, 그런 마음으로 딱 잘라내자고 생각해서 일을 계속한 덕분이니까요. 그러니까 과장님의 말도 틀리진 않았다고 생각해요."

"카스미 씨……."

"아, 죄송해요. 뭔가 잘난 것처럼……."

여름의 햇빛을 받아 빛나는 눈동자가 나를 가만히 바라봤다. 그 미모가 빛나듯이 빛을 퍼뜨렸다.

눈부셔서 그만 시선을 피하자 자동차 유리에 비친 내 얼굴이 시야에 들어오고, 추녀의 기분 나쁨에 놀랐다. 꽝장히 예쁜 것을 본 직후에 더러운 것을 보았기에, 낙차에 따른 충격이 장난 아니었다.

"고마워요. ……저기, 카스미 씨."

잔혹할 정도로 매끈매끈한 유리 앞에서 억지로 숨을 쉬고 있었더니, 그 뒤로 과장의 아름다운 얼굴이 비쳤다. 돌아보고 대답했다.

"예. 왜 그러세요?"

"저는, 확신했어요."

"예에?"

"카스미 씨, 저랑——."

"기다리셨죠—!"

평소처럼 사인펜으로 그린 듯한 화장을 한 하나오카가 달려오고, 이거 과장님 차예요? 굉장해—! 멋있어! 라고 환호성을 터뜨리며 조수석에 탔다. 그것을 본 나도 안도하고 뒷좌석에 탔다.

신도심으로 돌아가는 차 안에서는 하나오카가 꺄— 좌핸들! 이거 열어도 되나요, 이거 눌러봐도 되나요, 그렇게 시끌벅적 떠들어준 덕분에 어색함 없이 넘어갔다.

과장도 어쩐지 편안하게 대화한 것 같다. 역시나 어린 하나오카를 상대로 존댓말은 쓰지 않았지만, 어쩐지 기분 좋은 것처럼도 보였다.

차 안의 분위기는 무언가 중화된 것처럼 부드러워서, 우리와 과장이 서로에게 주는 『이질감』도 옅어진 것 같았다.

직장으로 돌아오자 하나오카는 예정대로 상담을 소화하고, 그것이 끝나자 예의 신부님에게 전화를 걸어 "새 담당자 하나오카입니다! 잘 부탁드립니다!"라며 명랑하게 인사를 하고는 미팅 예정을 잡았다. 이제 걱정할 필요는 없어 보였다.

오늘의 예약 상담이 없었던 나는, 전화 확인이나 관련 업자와의 연락 등등 잡무를 소화하고, 드물게도 정시에 일어섰다.

전화 중인 쿠제 과장이 내 쪽을 보고 무언가 말하려 했지만 붙잡는 동작도 아니었기에, 사무실 전체에 "먼저 실례합니다"라며 말을 건네고 직장을 뒤로했다. 정시에 퇴근하는 일은 좀처럼 없다. 다른 이야기가 나오기 전에 얼른 돌아가 버리는 것이 이기는 것이다.

유리 처마가 길의 절반 정도를 뒤덮은 보행자 통로를 걷는다. 빌딩들이 서로를 떠받치듯이 들어 올린 하늘을 올려다보고, 무척 해가 길어졌다며 절실하게 생각했다. 이 시간이니까 깨달은 것이었다.

점점이 떠 있는 조각구름은 주황색이나 연분홍색으로 물들기 시작했지만, 배경의 하늘은 아직 어렴풋이 파랗다. 콘크리트 보도 위는 대낮의 열기가 남아 있고, 피부에 밴 땀을 채어가는 저녁 바람이 기분 좋다.

기타요노 덱이 완만하게 커브를 그리며 역 플랫폼과 나란히 있는, 기타요노역 입구도 멀지 않은 무렵. 신메이 신사의 신전과 청동색 맞배지붕을 왼쪽 시야 아래로 둔 채 걸어가던 그때였다.

플랫폼에서 새어 나오는 안내음에 섞여서 누군가가 소리치는 듯한 목소리가 들렸다.

도시의 소음이라고 할 정도로 시끄러운 곳은 아니지만 나름대로 사람은 지나다니고, 바로 아래는 국도다. 딱히 신경 쓰지 않고 계속 걸었다. 쾌속 열차 통과를 알리고 주의를 촉구하는 자동 안내방송이 끝나자, 이번에는 조금 전보다도 크고, 가깝고, 또렷하게 목소리가 들렸다.

"……——카스미 씨!"

놀라서 돌아봤다. 돌아보고, 더욱 놀랐다.

그곳에는 숨을 헐떡이고, 무릎에 손을 짚고, 어깨를 위아래로 들썩이는 과장이 있었다. 사무실에서 여기까지 달려왔을까, 회색 정장과 찰랑찰랑한 앞머리가 흐트러지고, 땀이 밴 이마가 엿보였다.

"쿠제…… 과장님……?"

같은 땀을 흘려도 어째서 이렇게나 나와 다를까. 머리끝을 늘어뜨리고 숨을 헐떡이는 그 모습이 참으로 섹시했다.

아아.

인정하고 싶지는 않았다. 하지만 이렇게나 보고 있으니 어쩔 수가 없다.

역시, 이 사람은 멋지다.

너무나도 나와 다르고 동떨어져서 무섭다든지 거북하다든지, 무의식중에 선을 치고 있었지만.

보석처럼, 꽃처럼. 아름다운 것은 그저 그것만으로 사람을 끌어들이는 인력을 가진다. 이 사람은 폭력적일 정도로 다짜고짜, 당연하게 타인을 매료시키는 사람. 무조건적으로 사랑받는 존재, 동경의 대상인 왕자님이다.

가슴 안쪽, 작은 한 점이 조용히 움츠러들었다.

결코 손에 들어오지 않는 것에 마음을 빼앗겨도 되는 것인가, 앞으로 그런 아픔과 계속 함께할 수 있는가, 누군가 그렇게 묻는 것 같았다. 개구리가 왕자님을 사랑하고 말았다면, 이런 식으로 어딘가 숨이 막히는 고통을 작은 가슴에 살며시 밀어 넣었을 것이다.

바보 같은 생각이 떠올라서 황급히 뿌리쳤다. 사랑이라니. 나는 개구리는커녕 구더기인데.

"무슨…… 일인가요? 업무상 무슨 문제라도 있었나요?"

머뭇머뭇 묻는 내 걱정을 부정하듯 과장은 고개를 가로 저었다. 상체를 일으키고 가볍게 호흡을 가다듬으며 천천히 내게 걸어와서, 정면에 멈춰 섰다.

"카스미 씨한테…… 꼭 전하고 싶은 게 있어서요."

나는 물음표를 띄우고, 이어질 말을 기다렸다. 정말로 업무상 트러블이 아닐까. 이렇게나 필사적인 과장. 범상치 않은 그 모습에 아무래도 불안이 부풀어 올랐다.

긴장하는 내 마음과 달리, 과장은 저물기 시작한 저녁 햇살을 옆으로 받아 얼굴에 아름다운 음영이 부각되며 침착하게 나를 바라보고 있었다. 오렌지색으로 빛나는 모습에 시선을 빼앗긴 사이, 간신히 그의 입술이 또렷하게, 흐트러짐 없이 말을 자아냈다.

"저랑, 사귀어 주시지 않겠나요?"

?

"결혼을 전제로."

? ?

망가진 인형처럼 고개를 푹 기울였다.

말의 의미가 머리에 들어오지 않았다. 귀로 들어온 문장

B의 전장

이 뿔뿔이 흩어지고 엉망진창이 되어 흘러 나갔다.

"신도심으로 와서, 처음 만났을 때부터, 이 사람일지도 모른다고 생각했어요. 그리고 오늘, 확신했죠. 이 사람밖에 없다. 당신이야말로, 내가 찾던 사람이라고."

"무, 무슨……." 하하, 애써 흘린 웃음은, 동요로 떨리고 있었다. "놀리는 건가요……. 질 나쁜 농담, 그만하세요."

"저는 농담 같은 건 안 해요, 진심이에요."

"하, 하지만, 쿠제 과장님 같은 사람이…… 하, 하필이면, 저 따위와, 사, 사귄다니, 무슨, 추녀 취향도 아니고,"

"추녀 취향이에요."

"어, 예."

…………이건 뭐야. 무슨 일이 벌어지는 거야.

나를 똑바로 바라보는 과장의 눈빛은 확실히 진지 그 자체, 그 눈빛에 움츠러들어 꿈쩍도 할 수가 없었다.

나는 결혼은커녕 연애와도 인연이 없다고 생각했다. 그런 별 아래에서 태어났다고, 훨씬 더 전부터 납득했다.

그런데 지금, 나는, 태어나서 처음으로, 남자한테, 사귀어 달라고…… 그것도 이런, 이런, 누구라도 부러워할 것 같은 완벽한 남성에게, 왕자님에게, 결혼을 전제로, 그런 말을 듣고 있어……?

믿을 수 없다. 믿을 수가 없다. 그야말로 동화. 어머니가
말한 것은 거짓이 아니었다.

멀리서 천둥소리 같은 신칸센 통과 음이 귀를 찢고, 가슴
을 꿰뚫었다.

격류 안에 서 있는 것 같이, 자신을 둘러싼 세계가, 굉장
한 기세로 덧칠되는 소리가 들렸다. 인생이 격변하는 소리.
심장이 벌렁벌렁 뛰어서 부서질 것 같다. 미간의 혈관이 두
근두근 시끄럽다. 귀가 아프다. 떠내려간다── 더는, 서 있
을 수가 없다.

뭔가. 뭔가, 말을 해야.

"그럼."

목소리가 뒤집어졌다.

"……그럼, 그게…… 쿠제, 과장님, 은, 저…… 저를, 귀,
귀…… 귀엽다고, 생각, 해, 주는 건가, 요……?"

이런 내 얼굴이라도. 귀엽다고 말해준다. 당신이 운명의
사람인가요?

수줍음에 눈을 꽉 감았다. 뺨이 뜨겁다. 사과처럼 새빨개
졌을 테지.

쭈뼛쭈뼛 눈을 뜨고 과장을 살피듯이 올려다보자, 그는 조금 곤란하다는 듯 미소 짓고, 그리고 말했다.

"무슨 말인가요? 카스미 씨는, 못생겼다고요."

······························응?

"완전 못생겼어요."

주홍빛으로 빛나는 미소로, 그는 말했다.

"············."

뚝, 머릿속에서 소리가 났다. 그것은 예를 들자면 분노로 실이 끊어진 것 같은 소리가 아니라, 그때까지 소란스럽던 소리와 컬러풀하게 깜빡이는 빛을 퍼뜨리던 텔레비전의 전원이 갑자기 꺼진 것 같은, 그런 소리였다.

캄캄했다.

"추녀를 귀엽게 여기는 건, 추녀 취향이 아니라 단순히 미적 감각이 뒤틀린 인간이에요. 저는 당신이 못생겼다는 걸 알고서, 아니, 못생겼으니까 반한 거예요."

"허······?"

"그것은 제가 중학생 시절······ 집에, 바퀴벌레가 나왔거든요."

"……예에."

"평소에는 조용하던 어머니가, 그때만큼은 엄청난 형상으로 신고 있던 로라 애슐리 슬리퍼를 손에 들고, 순식간에 그것을 벽으로 몰아붙였죠."

……무슨 이야기지?

"으스러져서, 로라 애슐리 뒤쪽에서 툭 떨어진 갈색 물체를 보고, 전 생각했어요. 어째서 이 생물은, 그저 모습을 드러낸 것만으로 이런 꼴을 당해야만 했느냐고. 해답은 명백했죠. 기분 나쁘니까."

어, 으음.

"그리고 저는 다시금 생각했어요. 왜 그들은 이런 모습이냐고. 예를 들면 요정처럼 비치는 무지개색 날개로 진화했다면. 조금 더 말하면, 손바닥 사이즈의 푸들처럼 사랑스러운 모습이었다면. 이렇게 으스러지기는커녕, 그들은 흔쾌히 받아들여지고, 사랑받고, 따스한 침상과 맛있는 식사를 제공받고, 평생 보호를 받으며 살아갈 수 있을 텐데……."

이 사람, 무슨 말을 하는 거야.

"그 의문에 몰두한 사이, 저는 그들의 놀라운 생태를 알

앉어요. 그들은 인간이 탄생하기 아득히 전, 공룡 시대부터 몇 억 년이나 진화하지 않고 그 모습 그대로 계속 살고 있었죠. 게다가 그들의 생명력은 절대적이라서 인류가 멸망해도 그들만큼은 살아남는다고 그랬어요! 저는 한순간이지만 이 어찌나 어리석은 생각을 했는지, 큰 충격을 받았죠. 깨달은 거예요………… 그들이 추한 것은, 인간 따위에게 사육 당하는 것을 달가워하지 않는, 고상한 생물이기 때문이라고……!"

──무섭다. 이제까지와는 다른 의미로 무섭다. 훨씬 무섭다.

"추함이란 다시 말해 고귀한 영혼. 압도적인 생물적 우위에서 오는 여유. 혹은 포용력."

내 어깨가 두려움에 떨리는 것과 호응하듯이 과장의 눈빛은 더욱 빛나고, 말투에는 도취한 열기가 담겼다.

"그러니까 추녀야말로 궁극의 존재, 최고의 여성이란 추녀라고 전 깨달았어요. 아, 오해하진 말아요, 못생겼다면 누구라도 괜찮다는 게 아니에요, 물론 내면도 중요해요. 아름다운 내면과 추한 외모를 함께 가진, 그런 완벽한 여성을 찾고 있었거든요. 실제로 그런 멋진 여성은 좀처럼 찾을 수 없어서 포기하려던 참이었는데—— 당신과 만날 수 있었어요."

황홀하게 이쪽을 바라보는 과장. 나는 한 걸음 물러났다.

"청결하지 않거나 단순히 살이 찌거나, 꾀죄죄한 모습으로 복장이나 헤어스타일 센스가 나빠서 어쨌든 수수…… 그런 걸 추녀라 착각하는 녀석도 많지만, 저는 그렇게 얄팍한 속임수로 인기 없는 것에는 속지 않아요. 저는, 의식이 높은 추녀 취향이니까요."

빠직. 그게 아니라, 그러니까 이 사람 대체 무슨 소리야.

"그런 점에서 카스미 씨, 당신은 완벽해요! 복장도 헤어스타일도 접객업다운 청결함을 가장 우선으로 깔끔하게 정돈했지만 추녀! 화장도 기술 센스 모두 상당히 단련된 내추럴 메이크업으로 공들여서 했지만 그래도 역시 추녀! 설령 성형을 할지라도 어딘가 위화감이 남아 이미 손쓸 도리가 없는 추녀! 무엇을 어떻게 해도 추한, 외골수적으로 진정한 추녀란 말이에요, 제 이상을 넘어섰어요!"

————그러니까 무슨 소리냐고.

"이렇게까지 못생겼다면 차라리 세상을 원망하고 인생을 비관해서 변변치도 않은 세상 따윈 버리더라도 이상하지 않은데, 당신은 완벽할 정도의 이 외모마저 일의 양식으로 삼아서 적극적으로 살고 있죠……. 어지간한 마조히스트가 아닌 한, 마음씨가 강하고 아름답지 않으면 이렇게는 못 해요. 세상에 이런 추녀가 있었다니…… 저는 감동을 금할 수가 없어요. 카스미 씨, 당신이야말로 추녀의 본보기, 추녀 중의 추녀예요! 이런 추녀는 본 적이 없어요!"

………아프다.

아프다. 아프다. 아파아파아파아파. 말로 두들겨 맞는다. 라이트, 레프트, 교활한 페인트를 섞어서는, 때로 발차기도 곁들여서 타격을 펼쳐 나를 아프게 한다. 말의 폭력에 살해당하겠다. 가차 없는 칼날이 심장을 도려냈다. 이제는 눈물도 안 나온다. 피나 내장이라면 나올지도 모르겠다.

혼탁해지는 의식 가운데, 문득 떠오르는 기억의 파편이 있었다.

시드니 벨루카 사건.

말다툼 가운데, 몇 번이고 들린 '추녀'라는 말.

"내가 당신 타입이 아니라는 건 알았어"라고 웃었다던 미인 여배우.

틀림없이 이 사람은 시드니를 상대로도 이런 말을 쏟아 낸 것이다.

자신은 추녀 외에는 흥미가 없다, 추녀밖에 안중에 없다, 추녀가 추녀고 추녀라면 추녀추녀추녀추녀추녀추녀추녀…………

──그렇군요.

수수께끼는 모두 풀렸나.

풀리지 않았으면 좋았을 텐데.

아무래도 상관없다.

"계속…… 찾고 있었어요. 당신 같은, 절세의 추녀를."

늘어선 빌딩의 성이 장밋빛으로 물드는 저녁노을 아래 사이타마 신도심.

우아한 미소를 던지고 손을 내미는 왕자님.

그리고 두 사람은, 언제까지나 언제까지나 행복하게 살았을 리가 없잖아.

2

something

우울 (BLUE)

어머니.

제 직장에, 왕자님 같은 사람이 나타났어요.

그 사람은 저를, 바퀴벌레처럼 멋지다고 말해줘요.

어머니.

역시 제게는, 운명의 사람은 없나 봐요…….

"부모님은 전날부터 2박, 당일 1박으로 친척분들이 일본
식 방에서 여섯 명씩 두 룸, 친구분 더블이 여섯 룸, 싱글 하
나…… 저기, 카스미 듣고 있어?"

"어, 아, 예? 알았어요……."

"여기 메모. 전화는 받았지만, 숙박부에는 아직 연락하지
않았으니까. 나중에 직접 하도록 해."

"예……."

레이코 씨한테 받아든 메모지를 담당 파일에 끼워 넣고 크게 한숨을 내쉬었다.

일에 집중이 되지 않는다.

그 후, 어떻게 집으로 돌아갔는지도 기억나지 않는다.

그저 미나미요노의 아파트에서 깨어났을 때는, 엎드린 낮은 테이블 주위에 빈 맥주 캔이 몇 개나 굴러다니고, 내 오른손에는 유성펜이 들려 있고, 장식장에 디스플레이한 어릴 적부터 소중히 간직 중인 그림책, 신데렐라 표지의 『세계명작 동화집』의 『세(世)』와 『큐린도 출판』의 『큐(久)』 글자가 『살(殺)』 자로 가려져 있었다.[*]

차라리 그것은 전부 꿈이었다고 생각하고 싶다.

초등학생 악동도 그렇게까지 마구잡이로 말한 적은 없다. 성희롱인지 뭔지 모르겠지만, 고소하면 이길 수 있을 것 같다.

"왜 그래, 숙취야? 별일이네. 다음 달에는 페어도 있으니까 기합 단단히 넣어야지."

"예…… 죄송해요."

괴로워하고 있는데, 전화가 울렸다. 어쨌든 마음을 다잡

[*]　쿠제의 한자 표기는 久世.

아야지. 벨 소리 한 번에 수화기를 들고 억지로 밝은 목소리를 냈다.

"전화 감사합니다, 르미에 신도심 브라이덜 살롱, 호조입니다."

"아…… 호조 씨? 저기, 메일로 브라이덜 페어를 신청한 시모코베라고 합니다만……. 답변 메일을 주신 호조 씨입니까?"

"예. 시모코베 님, 이노우에 님이시군요. 전날에는 예약 감사했습니다. 페어 당일도 제가 담당으로서 대응할 터이니, 모쪼록 잘 부탁드립니다."

브라이덜 페어는 신규 고객 획득의 계기가 되는 큰 이벤트. 페어를 견학하고 마음에 든다면 그 자리에서 계약을 맺는 경우도 적지 않다. 가장 첫인상이 중요, 불편한 속마음을 억누르고 애써 부드러운 목소리를 냈다.

전화 너머의 남성은 고민하듯이 몇 초 입을 다물고는, 이윽고 뜻을 다지고 말했다.

"마침 잘됐네요……. 저기, 사실은 부탁드리고 싶은 게 있거든요."

시모코베 씨의 '부탁'은 상처받은 내 가슴을 살짝 따스하게 해주고, 또한 두근두근하게 해주었다.

"사실은 그게, 아직 애인한테 변변한 프러포즈를 하지 않아서⋯⋯. 어, 아뇨, 그게, 물론 예식장은 제대로 찾고 있는데요."

"예. 결혼 준비나 절차가 먼저 진행되어 버려서 프러포즈가 뒷전이라거나 빼먹고 마는 커플도 자주 있어요. 오래 사귀셨나요?"

"아뇨, 그런 건⋯⋯. 저기, 그래서 가능하다면 브라이덜 페어에서, 행사장의 많은 사람 앞에서 애인한테 프러포즈하고 싶은데⋯⋯, 협력을 받을 순 없을까요?"

이미 결혼이 정해졌지만 다시금 추억에 남을 프러포즈를 해주고 싶다. 그런 신랑님의 마음을 솔직히 멋지다고 생각했다. 물론 나도 모쪼록 돕고 싶다.

일단 전화를 보류하고 과장 자리 앞에 섰다. 기껏 치유한 마음이 일렁일렁 파도치는 것을 억누르고, 말을 짜냈다. 갤러리로 다른 손님들도 끌어들이는 이상, 상사의 허가는 필요했다.

쿠제 과장은 평소처럼 시원스러운 눈빛으로 나를 올려다

보고 이야기를 듣더니,

"여기서 프러포즈를 하게 된다면, 결혼식 피로연도 당연히 우리 쪽에서 하겠지. 좋은 찬스야, 축복하는 분위기가 될 수 있다면 다른 손님들한테도 흐뭇하고 좋은 이미지를 심어줄 수 있어."

그렇게 사무적으로 승낙했다.

역시 어제 그건 꿈이었을지도 모르겠다. 그렇게 생각하고 싶다. 틀림없이 그렇다.

"시모코베 님, 오래 기다리셨습니다. 예, 괜찮아요. 저희 르미에 신도심 호텔이 하나가 되어 프러포즈를 도와드릴게요. 맡겨주세요!"

일단 시모코베 님에게 한 번 방문을 부탁드려 프러포즈 계획을 짤 약속을 잡고, 통화를 마쳤다.

"카스미 선배님, 저도 돕게 해주실래요? 리얼 프러포즈에 참여하다니 처음이에요—, 뭔가 저까지 행복해지네요—."

"정말이야. 이런 행복한 기분을 나누어 주시니까, 이 일을 그만둘 수가 없단 말이지……. 좋아, 프러포즈라면 꽃다발이 필요한 법. 잠깐 화단에 얼굴 비추고 올게요."

플라워 숍 모리노 화단. 통칭 화단은 르미에 신도심 호텔 1층에 입점한 생화점.

임차로 들어온 만큼 르미에와의 인연은 두터워서 호텔 내부 장식은 물론이고 결혼식을 비롯한 연회에 사용되는 꽃은 기본적으로 모리노 화단에서 매입하고, 세팅도 모리노 화단의 플라워 코디네이터가 담당한다.

"안녕하세요. 타케우치 씨, 지금 괜찮을까요?"

입구에서 말을 건네자 카운터 안쪽에 있던 남성이 돌아봤다.

"호조 씨, 안녕. 무슨 일이야? 오늘은 평일이니까 브라이덜 코디네이터 안 왔는데. 아, 또 레스토랑에 가져가는 미니 부케?"

"아뇨, 오늘은 좀 다른 일로. 다음 달 페어 날 말인데요, 행사장용이 아니라 제 쪽에서 개별적으로 꽃다발을 하나 준비하고 싶거든요. 프러포즈용이니까 신부 부케나 부모님 증정용과는 조금 다른 분위기가 좋을까 싶은데요."

"프러포즈하게? 호조 씨가?"

"그럴 리가 없잖아요, 손님이에요."

미안미안, 그러면서 웃는 타케우치 씨는 오늘도 꾸밈이

없었다.

타케우치 씨는 이곳 플라워 숍 모리노 화단 르미에 신도시 호텔점의 점장.

결혼식에 사용하는 장식 꽃에 대해서는 기본적으로 모리노 화단의 브라이덜 부분과 진행하니까, 소매 점포인 이곳은 숙박부는 몰라도 연회부인 우리와는 그다지 관계가 없는 장소이지만, 나는 개인적인 부케를 종종 부탁한다든지 그런 이유로 들르고 있었다.

"프러포즈용인가. 그럼 빨간색이 메인인 게 좋을까? 정열적인 느낌으로."

"그러네요……. 손님의 취향도 여쭤보고 다시 이야길 드려도 될까요? 페어 직전에는 바빠질 테니까 일단 오늘 중으로 이야기만이라도 해놓자 싶어서."

"응, 알겠어. 희귀한 꽃을 사용하는 게 아니라면 부케 한 다발 정도야 당일이라도 괜찮으니까."

그러면서 미소 짓는 타케우치 씨. 아마도 나보다 조금 연상일 타케우치 씨는, 웃으면 얼굴에 주름이 확 생겨서 다소 늙어 보인다. 하지만 그것이 조금 중후하고 멋있다.

이 사람은 사실 나름대로 멋을 부리면 무척 달리 보이는 사람이라는 거, 아마도 나만 알고 있겠지.

하지만 이대로가 좋다. 타케우치 씨는 계속 이대로였으면 좋겠다.

"응? 왜 그래, 남의 얼굴을 빤히 쳐다보고."

"아, 미안해요. ……어쩐지 타케우치 씨는 보고 있으면 안심이 되는구나 싶어서."

같은 호텔 안에 있다고는 해도 화단은 임차, 그곳의 점장인 타케우치 씨는 르미에의 종업원이 아니다. 어디까지나 꽃집 주인인 그는 씩씩하고 기품 있는 호텔리어들과는 방향성이 완전히 다르다.

우선 옷차림이 전혀 다르다. 항상 티셔츠나 운동복에 데님을 입고, 그 위로 그에게는 제복인 연지색에 하얀색으로 Morino Kadan이라고 프린트된 앞치마를 둘렀다. 참고로 오늘은 앞치마 가슴께에서 새 엉덩이가 보였다. 사이타마현의 공식 마스코트, 코바톤 티셔츠를 입고 있는 모양이었다. 노란색 천에 보라색 코바톤이 선명한 대비를 그리고 있었다.

타케우치 씨는 이곳 호텔 업계에서 일하는 내게 치유를 선사해준다. 잘 들어보면 외화 더빙같이 달콤한 목소리이지만, 격식을 차리지 않고 허물없이 대화를 나누는 구석도 내

어깨의 힘을 빼주었다.

화단에 오면 화려한 도시에 지쳐 시골로 돌아왔을 때처럼 안도할 수 있는 것이었다.

"그거 칭찬이야? 그렇다면 영광이지만."

"칭찬이에요, 엄청 칭찬이에요! 저는 타케우치 씨가 남자 중에서 가장 대화 나누기 편해요."

"그건 기쁘네. 나도 호조 씨랑 이야기하는 거 좋아해."

"예?"

"호텔 사람답게 예의 바르지만 전혀 거드름 피우지 않아서. 여기서 이렇게나 싹싹하게 이야기할 수 있는 거, 호조 씨뿐이라고 생각해."

······이 얼굴로 거드름을 피울 만큼 심장이 강하지 않아요, 저.

하지만 어쩐지 기쁘네.

아아, 평온해진다.

어제는 지독한 악몽을 꿨지만 오늘은 이렇게 보람이 있는 일이 찾아오고, 타케우치 씨도 평소 그대로 편안하다. 굴곡은 있지만 역시 인생은 멋지다.

그런 생각을 하며 타케우치 씨에게 "그럼 잘 부탁드려요"

라며 인사하고 상쾌하게 화단의 자동문을 나선 나는, 그 순간 비명을 터뜨릴 뻔했다.

그곳에는 녀석이 있었다. 사무실에서 본 쿨한 상사가 아니라 내게 뜨거운 시선을 보내는, 저 이상한 사람이.

"색색의 꽃 가운데 선 카스미 씨의 모습에 그만 빠져버렸어요."

밖에서 유리 너머로 가게 안을 들여다보고 있었나 보다.

"아름다운 것에 둘러싸여서, 카스미 씨의 못생김이 더욱 선명하게 도드라져서 멋졌어요."

……아무래도 어제 일은 꿈이 아니었나 보다.

"뭘 하는 건가요, 이런 곳에서? 업무 중이라고요."

"미안해요. 저도 공사 혼동은 피하고 싶지만, 어떻게든 빨리 대답을 듣고 싶어서, 가만히 있을 수가 없어서요."

"대답?"

"어제, 고백했잖아요. 사귀어달라고."

"고백……이었나요, 그거?"

모욕으로만 여겨졌다.

"거절할게요."

"세상에!"

절망해서는 휘청 한 걸음 뒤로 물러나는 과장.

"그건 역시…… 제 용모가 수려해서 그런가요? 길을 걸으면 사진을 찍히거나 스카우트 당하거나, 얼굴 스타일이 완벽하게 단정한 미남이라서 그런가요?"

"겸손하지 않네."

"엇, 뭐 가요?"

"아뇨, 딱히."

하아…… 하며 긴 한숨을 내쉬고, 고개를 푹 떨어뜨리듯이 과장은 말했다.

"확실히 카스미 씨만큼 훌륭한 추녀가 보면, 저같이 외모가 아름다운 남자는 시시하게 느끼는 건 지당하겠지요."

"그러네요. 그럼 전 이만."

발길을 돌린 내 팔을 덥석 붙들었다. 팔을 붙잡은 손의 크기, 그 감촉에 그만 당황했다.

"──하지만 제 마음은 진짜예요. 부디 기회를 주세요."

고개를 들고 다부지게 나를 바라보는 과장.

"이제부터 저에 대해서 더욱 알게 된다면, 틀림없이 좋은 점도 알 수 있을 거로 생각해요."

나는 당신과 대화를 나누면 나눌수록 싫어지겠다는 예

감이 드는데요.

"우선 저와 결혼해 준다면, 경제적인 고생은 일절 시키지 않아요. 핵가족 하나 정도는 만족스러운 삶을 보낼 수 있을 만큼 벌이는 충분하고 다행히 본가도 유복하니까, 만에 하나 카스미 씨가 사업에 실패하는 등등 다소의 문제가 있더라도 빚을 맡아줄 정도의 여유는 있어요. 안심하고 시집오세요."

"딱히, 사업 같은 거 시작할 예정 없으니까요……."

"설마 바람기 걱정인가요? 그야말로 기우예요, 저는 그런 성실하지 못한 남자가 아니에요. 무엇보다 카스미 씨 이상의 추녀가 이 세상에 있다고 생각하나요? 당신은 제가 이제까지 보았던 인간 중에서 누구보다도 추해요. 좀 더 자신감을 가져요."

"……자신의 그런 언동에 문제가 있다고는, 생각하지 않나요?"

의아하다는 듯 고개를 갸웃거리는 과장. 이 녀석은 하나도 모르잖아?

"과장님. 당신처럼 도착적인 인간을, 세상에서는 뭐라고 부르는지 아시나요?"

과장은 혈통서 붙은 명견같이 맑은 눈동자를 동그랗게 뜨고서 내 눈을 들여다봤다. 말해주겠다. 말해주겠다고.

"변태."

과장은 숨을 삼켰다.

"시…… 싫어라, 카스미 씨! 그건 저도 건강한 성인 남성이라고요, 성욕 정도는 있어요."

"아니, 그런 게 아니라! 잠깐만요, 뭘 빨개지는 건가요!"

"아, 지금 그 '히이~'라는 것도 좋네요. 무척 꺼림칙하고 짐승 같아서. 좋은 추녀 목소리에요."

너무나도 말이 안 통하는 당신의 모습에 무서워서 비명을 흘린 거라고요.

안 돼, 대화가 성립이 안 된다. 이 사람한테 무슨 말을 하더라도 그때마다 내 마음을 도려내는 상처로 돌아올 뿐이다.

나는 일찍이 "좋아하지도 않은 남자가 달라붙어서 곤란하다"라는 고민을 토로하는 친구를 보고 어째서 제대로 거절하지 않을까, 단호하게 거절하면 되는데, 사실은 조금 기쁜 거 아니냐, 내심 그런 생각을 했던 스스로가 부끄러웠다. 이런 인간은 자극하지 않도록 피할 수밖에 없다. 피하는 것밖에 방법이 없는 것이다.

"······슬슬 돌아가야겠어요, 손님이 오실 예정이니까요!"

팔을 뿌리치고 나는 달려갔다.

씩씩 숨을 몰아쉬며 보랏빛 얼굴로 책상으로 돌아온 나를, 레이코 씨가 살짝 머뭇거리는 기색으로 걱정하듯 들여다봤다.

"무슨 일이야, 카스미······. 어쩐지 오늘은 이래저래 이상한데."

"그게 사실은 어제."

퍼뜩 놀라서 말을 멈췄다.

조금 냉정해져서 생각해 보자.

객관적으로, 어떻게 생각할까. 이 호조 카스미에게, 저 쿠제 과장이, 고백을 하시었다는 말을 듣는다면.

불쌍하게도 너무나도 남성과 인연이 없어서, 하필이면 저 쿠제 과장을 분수도 모르고 망상의 대상으로 삼은 끝에 현실과 구별조차 못 하게 되어버렸다고 연민이 담긴 눈으로 바라볼 뿐이지 않을까.

──위험했다. 하마터면 비참한 2차 피해를 일으킬 참이었다.

"아뇨······. 요즘 좀 피곤해서. 어, 그게, 이제 괜찮아요."

말하면서 책상 서랍을 열고 꺼낸 영양 드링크 뚜껑을 돌렸다. 단숨에 쭉 들이켠 참에 내선 전화가 울렸다. 손님 도착이었다.

"조금 전에는 전화로, 감사했습니다. 시모코베입니다."

옅은 라벤더블루와 흰색을 바탕으로, 여성의 마음과 고급스러움을 절묘하게 공존시킨 내부 장식의 브라이덜 살롱에서 신랑님이 명함을 내밀었다. 나도 자기 명함을 꺼내어 테이블에 명함 두 장이 놓였다.

"제약회사에 근무하시는군요. MR이라면 병원을 도는 영업직이죠? 바쁘시진 않으신가요? 조금 전에 전화를 주시고 바로 방문하셨는데, 괜찮으실까요?"

시모코베 씨는 손수건으로 관자놀이를 훔쳤다. 여기는 냉방이 돌아가고 있지만 오늘 바깥 기온은 30도를 넘었다. 아직 땀이 가시진 않겠지.

"외근 도는 참이라 문제없어요. 회사에서는 조금이라도 얼굴을 많이 비추어서 판매하라고 그러지만…… 의사 선생님들은 다들 바쁘시니까, 부르지도 않았는데 가봐야 실제로 폐만 되기도 하죠. 의사 쪽에서 부른다면 학회 같은 것

때문에 인원이 부족할 때 정도니까요. 아, 아사코 선생님은 다르지만."

페어에 예약된 이름은 시모코베 토시아키 님, 이노우에 아사코 님.

"신부님께서는 의사 선생님이시군요. 일로 만나셨나요?"

"예, 아사코 선생님······. 약혼자는 키타우라와의, 아사코 안과 클리닉의 의사예요."

열심히 땀을 닦으며 이야기하는 시모코베 님은 서글서글 하게 사람 좋아 보이는 분이었다.

영업직 특유의 야심이 배어 나오는 느낌은 안 들지만 시모 코베 님 왈, MR이라는 것은 정확하게는 '의약 정보 담당자'라고 해서 의사나 약사에게 자사의 의약품을 소개·설명하고, 또한 의사로부터 실제로 사용해 본 효과나 부작용 따위의 정보를 모아서 회사에 피드백하는 것이 업무라고 한다.

그렇지만 역시나 회사에서는 영업으로 일하는 것을 권유하고 할당치도 설정되어 있어서 큰일이려나. 르미에의 웨딩 플래너도 본래 업무는 결혼식 플래닝이지만 우선 그 결혼 식을 우리 쪽으로 끌어오는 계약을 따내야만 한다는, 영업 직으로서의 측면도 함께 가지고 있다.

이렇게 이야기를 들어보니 MR은 왠지 모르게 친근감이 느껴지는 직업이었다.

"그럼 두 분다운 것이라면…… 안약 같은 걸까요? 작은 선물로 드린다면 재미있을 것…… 그게 아니라, 이번에는 프러포즈 상담이었죠. 으음, 예를 들면 두 분이 좋아하시는 노래라든지, 추억의 사진이나 영상 등이 있다면, 행사장에 틀어서 분위기를 끌어올릴 수 있는데요."

"아뇨, 그런 건 별로 없어서…… 특별히 개성적이라든지, 이상한 건 안 해도 되니까 어쨌든 제 열의라고 할까, 진지함이 전해지는 모양새로 하고 싶거든요."

진지 그 자체인 신랑님이었다. 이런 분이 이다지도 사랑하는 신부님은 정말로 행복하겠구나.

"알겠습니다. 다만 이미 행사장도 찾으셨고 결혼식 준비를 시작하신 단계니까, 역시 서프라이즈는 필요하다고 생각해요. 감동의 서프라이즈가 되도록 계획을 짜보죠!"

좋아. 이 멋진 커플을 위해, 나는 하겠다. 이번 페어는 내 플래너 인생에서도 잊을 수 없는 하루가 될 것이다.

그 후로 시간은 빨리 지나갔다. 페어 예약자에게 드릴 초대 엽서에 하나하나 메시지를 적어서 보내고, 각종 업자와의 연락, 미팅, 서류 체크, 행사장 준비와 함께 통상적인 결혼식 플래닝, 세팅, 틈틈이 다가오는 과장을 무시, 과장을 피한다.

분주하게 시작하는 시간 가운데, 밖에서는 매미가 울기 시작하고 나무들은 녹음을 더하며 눈에도 화사한 녹색의 계절이 되었다.

그리고 맞이한, 연중 가장 큰 이벤트―― 한여름의 브라이덜 페어.

"시모코베 님, 이노우에 님, 기다리고 있었습니다. 웨딩 플래너 호조라고 합니다. 오늘은 부디 즐겨주세요."

"안녕하세요."

우선은 시모코베 님. 보기만 해도 조마조마, 무척 긴장한 모양이었다.

"안녕하세요."

함께 계신 여성 이노우에 님은, 시모코메 님과는 대조적으로 차분했다. 지나치게 차분했다.

르미에 신도심 호텔의 객실을 제외한 건물 전체가 모두 이벤트 행사장으로 변하여, 수많은 꽃과 다른 장식으로 호화롭게 꾸며지고 흐르는 음악이나 수많은 초대 손님── 결혼식을 앞둔 커플들의 떠들썩한 목소리가 고양감을 부채질하는 이 공간에서는, 많은 신부가 들떠서 신이 난 모습을 보여주고 있다.

드레스까지야 아니더라도 나름대로 멋을 부리시는 분도 많은데, 정장 차림인 시모코베 님과는 달리 이노우에 님은 심플한 하얀색 블라우스에 진녹색 카디건, 베이지색 무릎길이 스커트 차림에 짧은 보브컷……이라기보다는 단발머리에 가까운 헤어스타일, 화장기 없는 얼굴에 은테 안경을 쓰고 있었다.

신랑 33세, 신부 42세라는 나이를 보고 연하 남성을 매료시키는 카리스마적인 여성을 멋대로 생각하고 있었는데, 생각하던 것과는 조금 달랐다.

……어쩌면 이미 몇 번이나 다른 페어에 참가해서, 새삼스럽게 들뜨거나 멋을 부리지 않을 정도로 페어에 익숙한 걸까.

아니, 그래도 우리 르미에 신도심의 브라이덜 페어는 달리 유례가 없는, 규모도 센스도 이 부근에서는 으뜸인 꿈의 공간이라는 자부심이 있다. 게다가 무엇보다.

"자화자찬은 아니지만, 저희 호텔의 피로연 요리는 맛·양·담음새 모두 발군이라 손님분들께도 높은 평가를 받고 있습니다. 시식해보시면 분명 만족하실 거예요."

"예. 그걸 기대하고 왔어요."

이노우에 님은 먹는 것을 무척 좋아해서 맛있는 음식을 먹을 때가 가장 행복하다, 항상 그렇게 말씀하시며 피로연 요리 시식회를 무척 기대하신다. 시모코베 님께 사전에 들은 정보였다.

"시식회를 겸한 모의 피로연은 한 시간 뒤에 진행되니까, 우선은 모의 결혼식을 봐주세요. 교회식 유리 예배당은 옥상에, 전통식 신전은 3층입니다. 모의 결혼식은 교대식으로 몇 번이나 진행되니까 어느 쪽부터 견학하셔도 괜찮아요. 먼저 드레스부터 입어보셔도 되고요."

"아뇨, 그런 건……."

이노우에 님이 곤란한 듯 얼굴을 찌푸렸다.

"저, 저쪽에서 하는 웰컴 파티? 저기 가 봐도 될까요."

"물론이죠. 포이에의 바 카운터에서 샴페인이나 마음에 드시는 칵테일을 드실 수 있어요. 아뮤즈 부쉬도 제공하니까 모쪼록 즐겨주세요."

"예. 가죠, 아사코 씨."

그러네, 라며 이노우에 님이 끄덕이고 두 분은 페어 특설 접수대에서도 보이는, 전면 유리 포이에로 향했다.

프러포즈 전에 술을 드셔도 괜찮을지 조금 걱정이지만, 무척 긴장하신 모양이니까 한잔 걸치시는 정도가 딱 적당할지도 모르겠다.

과음하시진 마세요, 몰래 그렇게 기도하며 나도 멀리서 상황을 살피기로 했다.

르미에 신도심에서는 웨딩 파티와 관계가 없는 일반 손님이 들어오는 일이 없도록 숙박 접수처에서 로비, 객실, 레스토랑 등 호텔 숙박객의 동선과 예배당이나 연회장, 대기실이나 탈의실에 이르는 결혼식 동선이 나누어져 있다.

결혼식의 동선상에서 로비에 해당하는 포이에는 전면 유리에 2층에서 5층까지 모두 뚫린 공간으로, 햇빛이 풍성하게 비쳐들어 개방감과 빛이 넘치는 큰 공간. 1층의 호텔 쪽 로비보다도 넓어서, 이곳이 나하리조 등 다른 계열사에서 "브라이덜의 신도심"이라고 불리는 르미에 신도심 호텔의 상징적인 공간이기도 했다.

결혼식 때 웰컴 파티에 사용되는 이 장소에서도 실제와

흡사하게 바텐더가 칵테일을 만들고, 종업원이 은쟁반을 차례차례 나르고, 색색의 작은 요리, 아뮤즈 부쉬를 손님들에게 대접하고 있었다.

두 분의 모습을 보고 있었더니 시모코베 님은 샴페인 글라스를 든 채로 거의 입을 대지 않고 바짝 얼어 있었다. 조금 지나치게 긴장한 게 아닐까.

반면에 이노우에 님은 맥주도 대충, 종업원을 불러 세우고는 쟁반 위의 아뮤즈 부쉬를 모두 먹겠다는 듯이 차례차례 집어 먹었다. 정말로 먹는 것을 좋아하는 분인가 보다.

통상적인 손님들은 이 포이에서 10~20분 정도 즐기신 뒤에 내가 추천한 것처럼 모의 결혼식을 보러 가거나, 프로가 테이블 세팅을 한 모델 예식장을 견학하거나, 드레스나 앨범, 여러 종이 양식, 답례품, 답례 과자, 작은 선물 등등 각종 업자의 전시 코너를 돌거나 하시지만, 결국 시모코베 님과 이노우에 님은 어디에도 가지 않고 포이에서 한 시간을 꽉 채워서 보내셨다.

모의 피로연 개시 직전, 이노우에 님이 화장실로 가신 틈에 시모코베 님이 나한테 종종걸음으로 달려왔다. 신호등처럼 얼굴이 빨개졌다가 파래졌다가 했다.

"이, 이제 곧이네요, 저는, 어떻게 하는 거였더라, 으음, 필요한 거…… 제가 갖고 있어야 되는 건……."

전화로 시모코베 님은 "예식장에서 프러포즈를"이라고 말했지만, 면밀한 논의를 거쳐서 예배당이 아니라 연회장에서 프러포즈하자고 결정했다. 가능한 한 많은 사람 앞에서, 그런 시모코베 님의 희망에도 수용 인원이 적은 예배당보다도 대연회장에 200명이 착석하는 모의 피로연이 더 걸맞다는 결론에 다다랐다.

"괜찮아요. 반지는 이미 준비해두었고, 행사장에 감추어둔 꽃다발을 제가 가져다드려요. 순서도 전부 스태프가 리드할 테니까요."

"그, 그렇죠…… 괜찮겠죠."

지독히 상기된 모습이었다. 의사 확인이라는 의미에서 대답을 알 수 없는 프러포즈라면 모를까, 이미 결혼을 향한 진행을 시작한 상대에게 의례적으로 하는 일인데…… 아니, 하지만 모르는 200명 이상의 관객 앞에서 대대적인 서프라이즈 프러포즈를 한다면 긴장하는 게 당연한가. 평범한 피로연에서 연설대회도 뭣도 아닌 평범한 축사를 하는 것만으로도 대부분은 긴장하는 법이다.

"침착하게, 심호흡하세요. 자, 이노우에 님께서 돌아오셨어요. 힘내세요."

"아, 예, 힘낼게요……."

르미에 신도심 호텔이 자랑하는 최대의 연회장 '다이아몬드'.

너무나도 넓으니까 통상적으로는 칸막이벽을 이용해서 둘로 나누어 사용되는 이 연회장도, 이날은 칸막이를 치우고 전체에 초대 손님 200명의 원탁이 배치되어 있었다. 이것도 페어용으로 여유를 둔 배치니까 진심을 발휘한다면 두 배는 들어오고, 입식이라면 천 명도 대응할 수 있는 연회장이다.

원탁은 진짜 피로연 그대로, 아니 오히려 진짜 피로연에서는 좀처럼 볼 수 없을 정도로 호화롭게, 최고 랭크의 꽃이 여러 장식으로 세팅되어 있었다. 테이블 위에는 성함이 적힌 이름표가 놓여 있어서, 예약 손님은 마치 피로연의 초대 손님처럼 그 이름표 그대로 정해진 자리에 앉았다.

비일상적인 공간, 엄청난 파티가 시작된다는 예감으로 초대 손님들의 기대감이 부푼다.

B의 전장

무엇이 엄청난가, 이 파티는 우선 예쁜 드레스 쇼부터 시작한다.

개시를 알리는 안내방송과 함께 경쾌한 음악이 흘러나오자 주례석 대신에 설치된 무대 위에 신랑 신부——물론 이건 진짜가 아니라 신랑 신부를 연기하는 프로 모델——가 등장해서, 행사장 중심을 관통하듯이 설치된 런웨이 위에서 팔짱을 끼고 친근하게, 그러면서도 참으로 세련된 모습으로 걸어갔다. 최신 의상을 소개하는 사회에 맞추어 서양식, 일본식 두 팀의 커플이 스포트라이트를 받으며 턴했다.

행사장 구석, 눈에 띄지 않는 곳에서 지켜보는 나도 무심코 달콤한 한숨을 흘렸다.

저것이야말로 왕자님. 저것이야말로 공주님. 동화의 세계에서 튀어나온 것 같다.

어느 모델분은 얼굴이 작고 늘씬, 남성은 등줄기를 쫙 펴고서 늠름하고, 서양식 복장의 신부님은 예복이 하얗게 빛나서 눈부시고, 일본식 복장의 카구야 공주님은 이대로 달로 돌아가 버릴 것 같다. 이 어찌나 아름다운가. 이 어찌나 눈부신가.

터질 것 같은 박수와 여러 여성의 감탄이 담긴 한숨이 층

만한 가운데, 무대에 나란히 선 모델들은 인사를 하고 퇴장했다.

진짜 피로연에는 없는 이벤트인 드레스 쇼를 마치고, 지금부터가 '모의 피로연' 본편이다.

200인분의 거대한 웨딩 케이크가 나오고, 조금 전과는 다른 모델 신랑 신부가 등장해서 케이크 커팅. 그것이 끝나면 이번에는 캔들 서비스랑 샴페인 타워에 병의 액체를 따르면 유리잔의 액체가 파랗게 빛나는 루미판타지아 등등, 진짜 피로연에서 사용되는 대표적인 연출을 실제로 선보였다.

이런 행사가 끝나자 간신히 모두가 기다리는 피로연 요리가 각 테이블에 제공되고 시식회가 시작된다. 하지만 오늘은 이 시식회 직전, 연출을 선보이는 자리 마지막에 예의 프로젝트가 결행된다.

"드디어……."

갑작스러운 프러포즈에 이노우에 님이 놀라움과 감동을 만끽한 뒤, 주위의 축복에 둘러싸여 최고의 요리를 즐기신다면 이 이상의 행복한 추억은 없겠지. 프러포즈가 성공했을 때 기념사진을 찍고 싶으니까, 여성에게는 립스틱이 지

B의 전장

워져 버리는 식후가 아니라 식전이 더 기쁘리라는 배려도 있었다.

행사장의 다른 손님들도 모르는 커플을 축하하는 다정하고 따스한 기분이 되어, 혹은 자신의 프러포즈를 떠올리고 행복한 기억에 잠기며 함께 즐거운 식사를 드실 것임이 틀림없다.

……완벽한 계획이 바야흐로 지금 실행된다.

『그럼 오래 기다리셨습니다, 오늘 최후의 연출, 게스트 테이블 연출은 스파크 벌룬입니다. 신랑 신부 여러분의 자리로 찾아갑니다.』

사회자의 안내방송과 함께 등장한 신랑 신부 배우가 게스트 테이블로 다가가서, 원탁 중심에 띄운 큰 풍선을, 끝에 바늘이 달린 토치로 찌른다. 그러면 터진 풍선 안에서 작은 하트 모양 풍선 여러 개가 쏟아져 나온다. 놀라움과 귀여움이 넘치는 연출이다.

터지는 소리에 작은 비명이 섞인 함성이 각 테이블에서 차례차례 터졌다.

그리고 마지막 테이블, 시모코베 님과 이노우에 님을 포함한 네 쌍의 커플 자리에 토치를 든 신랑 신부가 다가갔다.

양쪽 무릎에 얹은 주먹을 떨며 입을 한일자로 굳게 다문 시모코베 님.

펑, 메마른 소리가 울렸다.

그 테이블만이 아니라 다른 테이블의 손님들도 다들 놀라서 천장을 올려다봤다.

이 테이블만큼은 나오는 작은 풍선 안에 공기가 아니라 가스를 넣어두었다. 다른 테이블처럼 떨어지지 않고 천장을 향해 일제히 날아 올라가는 색색의 작은 하트 풍선.

그중에 단 하나, 둥실둥실 떠돌지 않고 테이블로 툭 수직 낙하한 풍선이 있었다.

신랑 신부 배우가 토치를 시모코베 님에게 건넨다. 어색하게 받아드는 그의 거동을, 이노우에 님은 물론이고 모두 놀라움과 호기심의 시선으로 지켜보고 있었다.

테이블 위에 딱 하나 남겨진 작은 하트 풍선을, 시모코베 씨가 바늘로 찔렀다.

작은 소리를 내며 나타난 것은 반지 케이스였다. 파문처럼, 달콤한 술렁임이 행사장 전체로 퍼졌다.

"……이노우에 아사코 씨."

반지 케이스를 들고 이노우에 님의 의자 앞에 무릎 꿇었다. 내민 손이 떨리고 있었다. 시모코베 님, 뚜껑, 지금은 뚜껑을 열어서 안에 있는 반지를 보여줘야죠. 뭐, 저렇게나 긴장했다면 어쩔 수 없나. 틀림없이 이것도 좋은 추억으로, 은혼식 정도에 그렇게 이야기할 실패담이 되겠지.

"당신을, 좋아합니다. 저와 결혼해주세요!"

행사장은 최고조의, 조용한 흥분으로 뒤덮여 있었다. 모두가, 축복에 손뼉을 치고 함성을 터뜨릴 타이밍을 그르치지 않도록, 신부의 대답을 마른침을 삼키며 지켜보고 있었다.

"예."

라는 그 한마디로 분위기는 끓어오르고, 200명의 손님과 스태프 전원의 박수갈채가 울린다. 날아드는 미소와 축복 한가운데, 감동의 눈물을 흘리는 이노우에 님, 그런 그녀를 다정한 눈빛으로 바라보는 시모코베 님 곁으로 내가 꽃다발을 전달하고, 그것을 시모코베 님이 이노우에 님에게. 커다란 꽃다발을 안아 든 신부와 신랑의 사진을 찍은 참에, 코스의 전채 요리가 나온다.

그런 흐름이 될 터였다.

"⋯⋯⋯⋯저기, 아사코⋯⋯ 씨? 대답은⋯⋯."

신부의 침묵이 1분 이상 이어지고, 행사장의 분위기는 안

달이 났다. 감동으로 말을 잃었을지라도, 길다.

신랑의 물음에 퍼뜩 놀란 이노우에 님은 자신들과 마찬가지, 결혼을 앞둔 99쌍의 모르는 커플 앞에서 자신에 대한 사랑을 외치고 다시금 구혼해 준 약혼자를 향해, 오른손을 쓱 뻗고————뺨을 때렸다.

"호어?"

나는 무심코 이상한 목소리를 내고 꽃다발을 떨어뜨렸다.

"——제발 좀 그만해! 이…… 괴짜야!"

그렇게 외친 미래의 신부일 터인 여성은, 자리를 박차듯이 달려 나갔다.

망연자실한 신랑과 그것을 지켜보는 99쌍의 커플과 서른 명 이상의 스태프. 분위기도 모르고서 계속 흐르는 음악.

…………이게 뭐야.

시모코베 님은 자백했다.

이노우에 님은 약혼자도 뭣도 아니고, 시모코베 님이 일방적으로 호의를 품고 있는 상대라는 것.

맛있는 음식을 먹는 것이 취미라는 이노우에 님을 맛있다고 평판이 높은 르미에의 풀코스, 그것도 통상적으로는 먹을 수 없는, 피로연에 초대받아야만 즐길 수 있는 피로연 요리를 그야말로 미끼 삼아서 시식회에 초대했다는 것을.

"행사장을 찾는다는 거짓말까지 해서, 정말 죄송합니다. 호조 씨한테도 망신을 주고 말았어요⋯⋯. 행사장의 여러분께도, 정말 죄송합니다⋯⋯."

머리를 조아리는 수준을 넘어서 온몸을 던질 기세로 브라이덜 살롱 바닥에 엎드린 시모코베 님. 나와 함께 이야기를 듣던, 브라이덜 페어의 책임자인 쿠제 과장은 거저리라도 보는 것처럼 싸늘한 눈빛으로 이 사람을 내려다보고 있었다.

"저기⋯⋯ 일단 앉으세요."

"아뇨, 그건⋯⋯ 저 따윈 여기로 충분해요."

속았다는 분노도 없지는 않지만, 아무래도 불쌍하다는 생각이 앞서고 만다.

확실히 나도 망신을 당했다. 그 후의 시식회는 행사장 전체가 거대한 부스럼을 건드린 것 같은, 죽은 뒤에 사생아나 빚이나 완전 부끄러운 흑역사나 그런 무언가가 나와 버린 사람의 장례식 같은, 엄청난 분위기였다. 내가 가져온 프러포즈 기획 탓에 브라이덜 페어 사상 가장 큰 실패였다. 시말서감이었다.

내 보잘것없는 커리어에 흠집이 났다면 그럴지도 모르겠지만, 하지만 시모코베 님 본인은—— 지금 눈앞에서 그저 바닥에 이마와 눈물과 콧물을 비비고 있는 남성은, 200명 이상의 사람 앞에서 사랑을 고백하고, 차인 것이다. 그 마음에는 틀림없이 더욱 큰 상처가 생기고, 지금도 그곳에서 끊임없이 피가 흐르고 있겠지.

"저기, 시모코베 님."

흐흐흡, 무거운 시체를 끌고 가는 것 같은 콧소리로 사이를 두고, 그는 말했다.

"그게, 시모코베 님이라고 말씀하시는 것도 이제 그만해주세요. 저는 손님도 뭣도 아니니까……. 정말로 헤홍, 죄송합니다."

"그럼 시모코베…… 씨는, 어째서 이런 일을 했나요?"

흐흡, 또 코를 훌쩍였다.

"사…… 사실은 이미, 아사코 선생님한테는, 평범하게 고백했다가 차였거든요. 놀리지 말라든지 농담은 그만두라든지, 그런 식으로 전혀 상대해주지 않아서……. 그러니까, 많은 사람 앞에서 거창하게 프러포즈를 한다면, 제가 진심임을 알아줄 거라고 생각했어요. 한 번 차였으니까, 당연히 또 차일 텐데, 어째선지 실패한 다음의 일은 전혀 생각하질 못하고……. 정말로 바보네요. 이러니까 차였겠지……."

아―…… 응. 확실히 그건, 조금 생각을 해줬으면 좋겠는데요.

어이없어하는 내게, 시모코베 씨는 무릎으로 한 걸음 다가와서, 눈물과 콧물 범벅인 얼굴을 들었다.

"하지만, 저, 도저히 아사코 선생님을 포기할 수가 없어요! 호조 씨, 프러포즈 계획도, 굉장히 친절하게 같이 이것저것 생각해주시고……. 부탁이에요! 다음에는 전부 솔직히 이야기할 테니까, 어떻게 하면 아사코 선생님이 저를 돌아봐 줄지, 저랑 같이 이야길 해줄 수 없을까요? 협력해주세요, 부탁드려요!"

그러더니 또 바닥에 이마를 비벼댔다.

"아니 하지만 그게, 상대가 싫어하는데 너무 끈질기다면 스토커라든지 범죄가 되어 버리니까요……."

내가 곤란해하고 있었더니, 계속 침묵하던 과장이 간신히 입을 열었다.

"뭔가 착각하시는 모양입니다만, 저희는 결혼식장이지 결혼상담소가 아닙니다. 제 부하에게 이 이상 제멋대로인 요구를 하지 않으셨으면 합니다. 이번에 큰 폐를 끼친 일은 이걸 마지막으로 더는 탓하지 않겠습니다만, 앞으로는 본 호텔 출입은 삼가하시길 부탁드립니다."

"──! 그, 그렇, 겠죠…… 죄송, 했습니다……."

피도 눈물도 없는 출입 금지 선고에, 붙잡힌 소매치기 범인처럼 위축된 시모코베 씨는 마치 딱따구리 인형처럼 우리에게 꾸벅꾸벅 머리를 숙이며 등을 돌리고 브라이덜 살롱을 나갔다. 과장은 그의 모습을 분하다는 듯 노려봤다.

"저기…… 저 잠깐, 바깥까지 바래다 드리고 올게요."

"필요 없어. 본인이 말했다시피, 그는 손님도 뭣도 아니야. 결혼 예정도 없는 사람을 일일이 돌볼 여유가 있다면, 차라리 신규 고객 확보나 담당 안건 보조에 시간을 써."

"그렇지만…… 하지만 뭔가, 굉장히 침울해했으니까, 자살 같은 걸 하진 않을지 걱정이라…… 죄송해요, 금방 돌아올게요!"

"호조 씨!"

과장의 제지를 뿌리치고 나는 달려갔다.

시모코베 씨는 2층 출입구를 나가서 바로 있는 보행자 통로 난간에 기대어, 사이타마 신도심역 쪽, 빌딩 사이로 보이는 선로를 머—엉하니 내려다보고 있었다. 난간에 기어 올라가거나 몸을 내미는 그런 기색도 없었다. 그는 그저 멀리 지나가는 화물 열차에 빈껍데기처럼 공허한 시선을 보낼 뿐이었다.

"시모코베 씨."

말을 건네자 공허한 시선이 허공을 헤매며 천천히 이쪽으로 향했다.

"아까는, 뭐라고 할까……. 힘이 되어드리지 못해서, 죄송해요. 부디 너무 침울해하지 마세요."

시모코베 씨의 눈썹과 어깨가 평행을 유지하듯 여덟 팔자를 그리고, 힘없는 미소를 지었다.

"아뇨, 이제 됐어요. 저야말로 죄송했어요……. 저도 저기 과장님을 보고 간신히 눈을 떴어요. 저런 사람도 세상에는 있군요. 굉장히 남자답고, 당당하고 멋있고. 젊어 보이지만 그 사람이라면 연하라든지 그런 것도 문제가 되지 않겠구나……. 저런 사람이라면 모를까, 저 같은 녀석이 끈질기게 들이댄다면, 확실히 민폐일 뿐이겠죠."

안심해요, 저런 사람이 끈질기게 들이대도 민폐일 뿐이라고요.

그런 말을 입에 담을 수도 없으니 나는 허무하게 머리를 숙이고 떠나가는 시모코베 씨에게 머뭇머뭇 손을 흔들 수밖에 없었다.

무의식중에 치유를 받고 싶다고 느꼈는지, 정신이 들자 나는 1층의 모리노 화단에 들르고 있었다.

타케우치 씨의 오늘 티셔츠는 '츠나가류 누우'. 용이 모티프인 사이타마시의 공식 캐릭터로, 전체적으로 녹색이다.

"아— 호조 씨. 어쩐지 오늘, 위에서는 큰일이었다며?"

평소와 같은, 힘이 빠진 부드러운 미소에 안도했다. 조금 삐친 느낌이 남은 퍼석퍼석한 머리도 좋은 느낌으로 루즈하게 여겨져서 나는 무척 좋았다.

"예……. 기껏 타케우치 씨가 만들어준 꽃다발도 허사가 되어버려서…… 미안해요. 아, 오늘 아침에는 정신이 없어서 돈도 아직 안 드렸죠."

낮은 월급에 뼈아픈 지출이지만 저렇게나 침울해하던 시

모코베 씨한테 경비를 요구할 수 있을 정도로 나는 무서운 사람이 아니다. 과장이라면 청구하라고 그럴 것 같지만.

"됐어."

주머니에서 지갑을 꺼낸 나를 타케우치 씨가 살며시 막았다. 하지만, 하고 돈을 내려는 내 손을 꽃의 가시에 찔렸는지 흉터투성이인 억센 손이 살며시 밀어냈다.

"호조 씨한테 줄게."

"예?"

"안 받아준 거잖아, 저 부케? 그럼 꽃이 불쌍하니까, 저건 항상 열심히 하는 호조 씨한테 내가 주는 선물이라는 걸로 하자."

"어…… 하, 하지만."

"어, 미안해. 뭔가 사연이 있는 남은 물건을 떠넘기는 것 같아서."

"아뇨, 그런 게 아니라."

"그럼, 받아주겠어?"

눈가와 입가에 주름이 진, 살짝 늙어 보이는 미소. 항상 나를 평온하게 해주는 미소.

"아………… 예……."

뺨이 뜨겁다.

틀림없이 타케우치 씨한테는 깊은 의미 따윈 없을 텐데. 그만 의식해버리는 스스로를 꿰뚫어 본다면 어쩌지, 그렇게 생각하면 생각할수록 얼굴이 달아오른다. 하지만 남자한테 꽃을 받는 건 처음이라── 어떤 표정을 지으면 좋을지 알 수가 없다.

그만, 생각하고 만다.

내가 못생기지 않았다면.

이런 갑작스러운 일부터 사랑이 시작되거나 할지도 모른다.

레이코 씨처럼 예뻤다면, 치즈루처럼 귀여웠다면, 그런 사치스러운 말은 하지 않겠다. 적어도 남들 정도의 보는 사람한테 불쾌함을 부르지 않는 생김새였다면.

비굴해질 일도 없고, 예를 들자면 이럴 때 자연스럽게 누군가를 좋아하게 되어서. 평범하게 연락처를 물어보거나, 데이트를 신청하거나, 혹은 상대 쪽에서 나한테 신청했을지도 모른다.

──아니, 무슨 생각을 하는 거야, 나.

"호조 씨? 왜 그래."

너무나도 거창한 생각을 한 스스로에게 동요해서 수치심에 머리를 부여잡은 그때.

문득 찌르는 듯한 살기를 느끼고 시선을 옆으로 옮기자, 핏발 선 눈을 부릅떠서 3할 더 못난 내 얼굴이 비치는 유리 너머로 이쪽을 노려보는 냉철할 정도로 아름다운 얼굴이 겹쳐졌다. 그만 "히익" 하고 비명을 흘렸다.

"죄송해요, 돌아갈게요!"

황급히 복도로 나오자 과장이 팔짱을 끼고서 우뚝 서 있었다.

"어째 돌아오지 않는다 싶었더니, 이런 곳에서 농땡이를 부리고 있었나?"

"죄송해요……." 오늘, 이 말뿐이다.

"자주 여기 오는 모양인데…… 저 남자."

"예? 시모코베 씨 말인가요?"

단둘인데도 존댓말이 아니었다. 오늘은 업무에 대실패해서 과장을 완전히 화나게 만들어버렸나 보다. 당연하지만 짜증이 어려 있었다.

"아니. 저 화단 주인. 저건 내가 가장 싫어하는 부류, 얄팍한 속임수로 인기 없을 뿐인 타입이잖아. 사실은 그럭저

럭 단정한 외모인 주제에, 볼품없는 모습으로 얼핏 못생긴 것처럼 교묘하게 꾸몄지. 비겁하기 짝이 없는 남자다!"

"사고방식은 사람에 따라 다르네요, 정말로."

어쨌든, 하고 과장은 잠시 한숨을 쉬었다.

"난 이제부터 관리직 회의에 들어가야 해. 이번 일로 길어질 테니까, 브라이덜과 멤버한테는 네가 일의 경위를 설명해줘."

"알겠어요. ——저기, 정말 죄송했어요."

고개를 끄덕이고, 과장은 나와 다른 엘리베이터를 탔다.

브라이덜과 사무실로 돌아온 나는, 다른 플래너들에게 시모코베 씨가 이야기한 진상을 전하고 모의 피로연을 허사로 만들어버린 것을 사죄했다.

다들 나는 '거짓말쟁이 가짜 신랑한테 속은 피해자'로 받아들인 모양이라 동정적이었지만, 시모코베 씨에게는 비난이 굉장했다.

"제대로 결혼할지 정해지지도 않았는데 예식장을 보러 오는 커플은 가끔 있지만, 사귀지도 않는데 페어에 오다니."

"정말이에요, 짝사랑에 갑자기 프러포즈라니, 연예인 커플의 당일 결혼! 같은 것도 아니고."

다들 입을 모아서 하고 싶은 말을 쏟아내는 가운데.

"하지만 말이지, 여자도 여자야."

레이코 씨가 돌 하나를 던졌다.

"결혼은 몰라도, 사귈 생각조차 없었다면 페어 같은 건 오지 말았어야지. 정말이지, 무슨 생각일까."

"아, 그건 여성의 취미가 맛있는 걸 먹으러 다니는 거라, 시식회를 목적으로."

그렇게 끼어들자 레이코 씨는 내 입에 손가락을 척 세우고, 계속 말했다.

"아무리 좀처럼 먹을 수 없는 피로연 음식을 먹을 수 있다고 해도, 좋아하지도 않는 남자한테 권유를 받았다면 거절하잖아, 보통은."

"저는 그냥 데이트 권유도 받은 적이 없으니까 글쎄요……."

그렇게 우물거렸지만.

하지만. 듣고 보니 그럴지도 모르겠다.

확실히 우리 요리는 이 부근에서는 상당히 평판이 좋고, 피로연 요리 그 자체는 진짜 피로연이나 페어에서밖에 못 먹는다.

하지만 피로연 요리는 우리 셰프의 레시피니까, 사실 우리 호텔의 회식 플랜이나 레스토랑에서 나름대로 돈만 낸다면 거의 피로연 요리에 가까운 메뉴는 먹을 수 있다.

이노우에 아사코 씨는 개업의. 어떻게든 무료 페어에 참가하지 않고서는 먹을 수가 없다, 그런 사정도 아니잖아.

적어도 끈질기게 들이대는 몹시 곤란한 상대와 마지못해 약혼자인 척을 하지 않아도 될 방법을, 그녀는 선택할 수 있잖아.

"그러네요………. 싫어하는 사람과는 오지 않겠죠. 보통은."

그러네요—, 라고 동조하는 하나오카의 목소리가 귀 안에 울렸다.

다음 날 아침에 씻으려고 세면대 앞에 서자, 평소 이상의 추녀가 거울 안에 있었다. 양쪽 눈이 제대로 부어서 어쩐지 시야도 좁게 느껴졌다.

B의 전장

오늘은 휴무라 다행이었다. 안 그래도 첫 대면인 손님이 가볍게 동요할 정도로 못생겼는데, 이래서는 안면이 너무 불길하다며 바로 체인지, 아니면 아예 다른 예식장으로 도망쳐버린다.

무슨 일일까 생각하며 아침을 만들었다. 어제 사둔 크루아상을 가볍게 다시 굽고, 바삭바삭하게 구운 베이컨과 몽글몽글 치즈가 든 스크램블드에그를 곁들였다. 그리고 샐러드와 카페오레를 낮은 테이블에 놓고 식탁에 앉았다.

평소에는 된장국과 달걀프라이에 적당히 남은 절임 같은 메뉴인데, 오늘 아침은 이 테이블에 장식된 꽃이 내게 변화를 가져왔다.

빨간색과 핑크색의 그라데이션이 선명해서 그야말로 화사함을 선사해주고 있었다. 고작 이것만으로 네 평 원룸이 정취로 가득해지는 것 같았다.

그러고 보니 타케우치 씨한테 제대로 감사를 하지 않은 것 같다. 뭔가 답례라도 하는 편이 나을까. 아니, 그랬다가는 오히려 무거울까. 그렇게 깊이 생각하는 것 자체가 주제넘는 짓일까…….

이러쿵저러쿵 생각하며 식사를 마쳐도 여전히 눈꺼풀은

무거웠다. 아픔이나 간지러움은 지금 느껴지지 않으니까 내버려두면 나아질 것도 같다. 그럴 것도 같지만.

스마트폰으로 주변의 안과를 검색했다. 사이쿄선 미나미요노역에서 도보 3분 거리인 이 아파트는, 케이힌토호쿠선 키타우라와역까지 도보로도 15분이 채 안 걸린다.

"……으—응."

지갑에 보험증을 챙기고 아파트 계단을 내려간 나는 자전거에 올라탔다.

"호조 카스미 씨, 진료실로 들어오세요."

무거워 보이는데도 가벼운 느낌으로 매끄럽게 움직이는 의료 시설 특유의 미닫이문을 열자, 백의로 몸을 감싼 여의사가 의자와 함께 돌아봤다.

"안녕하세요…… 어머, 당신."

수중의 진료기록부로 보이는 서류로 시선을 향했다.

"그래…… 호조 씨, 였지. 어제는, 그게…… 미안했어. 설마 그런 일이 될 줄은 생각도 하지 않아서. 혹시 민폐를 끼쳤으니 비용을 청구하러 왔어?"

"아뇨, 그런 게 아니에요. 보다시피, 눈이 부었으니까요."

그러자 이노우에 아사코 선생님은 "앉아, 거기 턱을 얹고"라며 사각형 틀이 달린 현미경 같은 기구를 가리켰다.

얼굴을 내밀어 틀 바닥 쪽에 완만한 커브의 홈에 턱을 얹자, 그녀는 기구를 사이에 두고서 나와 마주 앉아 반대쪽에서 렌즈를 들여다봤다. 나는 정면에서 직접 시야에 들어오는 빛을, 눈부심을 참고 마주 봤다.

"싫어라, 당신 이거…… 굉장하네. 홍채박리가 엉망이야."

"어, 뭔가 심각한 병인가요? 설마 실명이라든지."

"아니, 병적인 소견은 전혀 없어. 그저 겉보기에 엄청 더러울 뿐이지."

안구까지 못생겼다고 인증을 받아버렸다.

"염증이나 붓기도 없고…… 그냥 눈꺼풀이 부었어. 피곤한 거 아냐?"

그러네요. 피곤해요, 심신 모두.

"혹시 모르니까 다리도 보여줘."

"어, 다리요?"

주저하는 나를 개의치 않고, "좀 실례할게"라며 청바지 옷자락을 걷어 올려 장딴지를 꼬집었다.

"……그러네. 신장병 같은 병적인 부종이 드러난 것도 아니니까 걱정할 필요 없어. 식히면 저녁에는 가라앉겠지."

"그런가요. 감사합니다."

"예, 몸조심하세요."

병원에 가서 의사한테 "내버려두면 낫는다"라고 들으면 반드시 생각하는 것. 대체 뭐 하러 왔을까.

나는 가난뱅이 기질이겠지. 안약 하나라도 내어준다면 이대로 돌아갔을지도 모르겠지만…….

"저기, 질문을 해도 될까요?"

"뭘까?"

"시모코베 씨, 싫어하나요?"

스스로 생각해도 갑작스럽고, 게다가 지나친 직구였다. 갑자기 데드볼을 던지니까 상대는 역시나 어느 정도 얼굴을 찌푸렸지만, 이윽고 진지한 표정으로 대답했다.

"싫은 건 아냐. 그는 내가 아는 한 가장 우직한 MR이고, 가장 성실한 사람이야."

생각도 못 한 대답에 나는 도리어 곤란해지고 말았다.

"안과 처방은 안약이 중심인데, 자극이 조금 강하다든지 포장이 환자분한테 알아보기 쉽지 않다든지 그래도, 다른

MR은 마치 클레임에 대응하듯이 과자 선물이나 가지고 사과하러 올 뿐이거든. 나는 그런 걸 원해서 이야기한 게 아닌데."

시모코베 씨한테 들은 이야기를 떠올렸다. MR은 의약 정보 담당자. 하지만 회사에서는 영업직으로 일하기를 요구하고, 사내에서는 영업 성적으로 평가받는다. 그러니까 다들 결국에는 영업맨처럼 되어버린다.

"그 사람뿐이야. 죄송합니다, 가 아니라 고맙습니다, 라고 말하는 건. 내 이야기를 진지하게 듣고, 회사 연구부나 임상 개발부랑 이야기해서 대답을 가져다주는 거. 대학병원과는 비교도 안 되는, 이런 자그마한 동네 의사의 시시한 의견도 제대로 받아들여 줘. 제약회사의 일원으로서, 환자를 위해서 조금이라도 더 좋은 약을 만들려 하고 있어."

담담하게 그에 대해서 이야기하는 그녀의 말도, 역시나 성실했다.

어쩐지 알 수 없게 되어버렸다. 업무 상대로서는 신뢰하지만 연애 감정은 가질 수 없다는 걸까. 연애 경험이 전혀 없는 나로서는 상상조차 할 수 없는 감각이었다.

"그럼 어제 시모코베 씨한테 말했던, 괴짜라는 건 어떤 의미인가요."

잠시 틈을 두고, 그녀는 대답했다.

"그게………… 이상하잖아. 나 같은 걸 좋아하다니."

그것이 옳은지는 제쳐놓고, 그런 마음은 모를 것도 아니라고 생각했다. 나도 불과 지난달에 남자한테 고백을 받았지만, 저건 틀림없이 괴짜, 아니 변태다.

하지만 시모코베 씨에 대한 이 사람의 감정은, 아마도 그것과는 다르다. 다른데도.

"난 그 사람이랑 같이 거짓말을 해서 브라이덜 페어에 신청했고, 당신이나 행사장에는 폐를 끼쳤다고 생각하니까, 어제 일에 대해서 질문이 있다면 대답할 테고, 사죄가 필요하다면 할게. 하지만 여긴 진료실이고, 다른 환자분도 기다리고 있어. 슬슬 돌아가 주겠어?"

그 이상 무어라 말하면 좋을지 알 수가 없어서, 나는 진료실을 뒤로했다. 접수처에서 계산을 마치고 영수증과 함께 내 이름이 적힌 진찰권을 받았다.

진찰권을 뒤집었다. 목요일 오후는 휴진이었다.

어느 날씨 좋은 오후. 반차를 끊은 나는 사복으로 갈아입고, 호텔을 나서지 않고 11층으로 향했다.

레스토랑 '레 아르' 접수처, 그 옆에 서서 치즈루와 잠시 자연스러운 대화로 시간을 때웠다. 화제는 치즈루의 현재진행형 연애 이야기였다.

이따금 우후후, 웃음과 함께 들뜬 모습으로 이야기하는 치즈루는, 전날 페어에서 신랑 역할을 맡은 남성 모델 하나와 연락처를 교환해서 어젯밤 데이트 신청을 받았다고 한다.

"치즈루, 우리 과장님한테 마음이 있다는 소문 들었는데, 그건 이제 됐어?"

"마음이 있다니, 저는 그저 팬이에요. 진심이더라도 상대해줄 리가 없잖아요. 페어에 온 모델분들도 쿠제 님을 보고 '저 사람이 우리보다 멋있지 않아?'라고, 뭐였더라, 맨발에 신발?"

그건 트렌디 배우.**

"프로 맨발이네."***

** 맨발에 신발을 신는 패션으로 유명한 배우 이시다 준이치.
*** '프로도 맨발로 도망간다'라는 말의 약칭. 초보나 아마추어의 기량이 뛰어난 경우를 가리킨다.

"그래, 그런 느낌이라고 타쿠야 군이 그랬어요. 우후후. 하지만 전 타쿠야 군만큼은 지지 않겠는데, 살짝 생각했지만요, 우후후후후."

치즈루, 무척 즐거워 보인다. 남자에게 구애를 받는다니, 틀림없이 이렇게, 그것만으로도 매일이 화사해질 것 같은, 두근두근할 것 같은, 영양제 같은 거겠지. 살풍경한 내 방이 저 꽃을 놓은 것만으로 저렇게나 화사하고 촉촉해진 것처럼.

"쿠제 님은 뭐라고 할까, 저 따위한테는 손에 닿지 않는 아이돌……. 아니, 좀 더 위의 신? 같은 존재니까요."

무심코 크흡, 하고 콧소리를 울리고 말았다. 그 신은 갈색의 저 녀석을 숭배할 법한 사신이라고요.

"치즈루한테 '따위'라니……. 그, 그렇게나 신성시하는 과장님이, 혹시, 혹시나 모를 누구라고? 치즈루보다, 그렇다고 할까 거리에 돌아다니는 여자보다, 그렇다고 할까, 세계의 누구보다도 더하다고 할 정도로 귀엽지 않은, 그렇다고 할까 솔직히 말해서 추녀, 엄청난 추녀한테 결혼을 청한다든지 그러면, 역시나 용서할 수 없다고 생각할까……?"

한순간 어리둥절한 치즈루는 작은 입술을 사랑스럽게 오

므리고 생각한 뒤, 말했다.

"오히려, 다시금 반할지도 모르겠네요. 외모가 아니라 내면으로 이성을 고르다니, 중요한 것 같으면서도 무척 어려운 일이니까요. 저도 타쿠야 군을 잘 모르지만, 저 미소에 두근—하고…… 우후후, 우후후후."

과장은 어떤 의미로 누구보다도 외모를 중시한다고 생각하는데요. 방향성이 반대일 뿐.

"아, 손님이에요. 카스미 씨, 저분인가요?"

돌아보고, 나는 대답했다.

"그래, 이노우에 아사코 님. 안내 부탁할게."

창가의 테이블에 앉은 아사코 씨 옆에 서서, 나는 다시금 인사했다.

"와주셔서 다행이에요. 감사합니다."

"그야, 오지 않으면 약혼자라고 위장해서 페어에 참가한 사기 행위를 추궁하겠다, 그렇게 위협하니까 올 수밖에 없잖아."

"미안해요, 어떻게든 와주셨으면 해서, 그만 보험을 들어버렸어요. 하지만 오늘의 진짜 취지는 '초대'예요. 사정은 어쨌든, 저는 담당으로서 당신을 시식회에 초대했어요. 그런데도 예고에 없는 일을 해서 혼란에 빠뜨리고, 식사를 대접하지 못했어요. 그 사죄로, 다시 식사를 대접하고 싶은 거예요."

아사코 씨의 미간이 꿈틀 움직였다.

"당신, 아니 설마…… 테이블 세팅이 2인분인데."

예, 라며 끄덕이고 나는 뒷자리에서 기다리던 시모코베 씨에게 말을 건넸다.

"두 분이서 한 거짓말이에요, 마지막까지 책임을 지고 제대로 마무리해 주세요."

"잠깐만, 무슨."

항의를 가로막듯이 테이블에 전채 요리가 놓였다. 향토 채소를 사용해 화사한 색깔의 테린이 하얀 접시에서 돋보였다.

"피로연 요리와 완전히 똑같지는 않지만, 가능한 한 가까운 메뉴를 아 라 카르트로 조합해서 코스로 만들었어요. 모쪼록 드셔주세요."

아사코 씨는 무척 딱딱한 얼굴이었지만 떨떠름하게 포크를 들었다. 그 모습에 안도한 듯, 시모코베 씨도 머뭇머뭇 아사코 씨 맞은편에 앉았다. 나는 조금 떨어진 구석 자리에 앉아서 내 런치를 주문했다.

"아사코 선생님, 미안해요. 이 식사가 끝나면 책임을 지고, 단호하게 포기할게요."

시모코베 씨의 말에 아사코 씨는 말없이 테린을 씹었다.

나도 먹자. 나온 런치의 샐러드를 먹고 있는데 문득 테이블에 그늘이 드리웠다.

"호조 씨."

눈앞에 선 인물을 올려다보고 나는 포크를 떨어뜨렸다. 땡그랑 딱딱한 소리가 울렸다.

"과장, 님…… 무무, 무슨 일이신가요, 이런 곳에서?"

"셰프한테 새로운 피로연 메뉴 상담으로 불려왔는데, 접수처에 네가 와 있다고 들어서. 이건 어떻게 된 일인지 설명을 부탁할까."

핏기가 싸─악 가셨다. 다른 손님도 계시니까 목소리를 억누르고는 있지만 화가 났다는 게 제대로 느껴지는 톤이었다.

"쓸데없는 일에 시간을 낭비하지 않도록, 그렇게 말해뒀을 텐데."

"죄송해요. 하지만 오늘은 오후 반차라서, 지금은 근무 시간이 아니에요."

나도 작게 대답했다.

"그렇군. 그럼 내가 출입을 금지한 저 남자를 초대한 것에 대해서는?"

"그건, 죄송해요······. 변명의 여지도 없어요."

고개를 떨어뜨리는 내 위에서 무자비한 말이 쏟아졌다.

"지금 당장 돌려보내."

"잠깐." 두 사람의 테이블로 걸음을 옮기는 과장의 팔을 순간적으로 붙잡았다. "기다려주세요, 부탁이에요. 두 사람한테 제대로 대화를 시켜주고 싶어요."

"그러니까 여긴 결혼상담소가 아니라고 하잖아. 네가 쓸데없이 보살펴줄 필요는 없어."

"그렇······긴 하지만, 그래도."

"어째서——."

과장은 의아하다는 표정으로 나를 돌아봤다.

"어째서 손님도 아닌 사람한테 그렇게나 힘을 쏟는 거지? 너한테 무슨 이득이 있다고."

"이득이라든지 손해라든지, 그런 건 아무래도 상관없어요.

"……손님이 아니니까, 그럴지도 모르겠네요."

무슨 말이냐며 미간을 찡그리는 과장.

"……몇 년이나 이 일을 하고 있으면, 드물지만…… 파혼, 이 되는 일도 있거든요."

내게 가장 괴로운 말을 입에 담자 자연스럽게 목소리가 무거워졌다.

"그렇게 되지 않도록 양가 사이를 중재하는 것도 플래너의 역할이에요. 하지만 일단 정식으로 캔슬이 들어온다면 엄숙하게 처리를 하고, 그 이상 양가의 사정을 파고들거나 참견해서는 안 되죠. 신인 시절, 당시의 과장님한테 그렇게 배웠어요."

쿠제 과장도 수긍했다.

"하지만 어떻게든 안 될까 생각해 버리거든요. 제가 미숙해서 그랬던 게 아닐까, 담당이 내가 아니었다면 일이 이렇게 되지는 않았을지도……. 그래서 한 번, 끈질기게 설득하려고 했던 바람에 클레임이 들어왔어요. 신랑이 될 예정이었던 분한테도, 캔슬하지 않았다면 지불해야 했던 500만의 매상 때문에 말리는 거란 말을 듣고요."

괴로운 기억이 되살아나서 입가를 일그러뜨렸다.

"주제넘는 짓이라는 거, 지금은 알아요. 그만큼의 결의를 하실 때까지, 두 분은 이미 잔뜩 고민하고 괴로워하고, 생각한 끝에 정한 일이었는데⋯⋯."

가장 괴로운 건 본인인데. 나는 얄팍하고 무신경했다.

"하지만 저 두 분은 아직 제대로 대화조차 나누지 않았어요. 아사코 씨는 진심을 드러내지 않았고, 시모코베 씨는 제게 도움을 청해주었죠. 자기만족일지도 모르겠지만⋯⋯. 그들은 손님이 아니에요. 그러니까 부디 제 마음이 풀릴 때까지 참견하게 해주세요!"

"카⋯⋯."

그때, 갑자기 남성의 목소리가 울렸다.

"저기, 아사코 선생님!"

긴장 탓에 기세가 넘쳤을 테지. 스스로도 생각도 하지 않은 큰 목소리가 나와 버렸는지 시모코베 씨는 황급히 "죄, 죄송합니다"라며 목소리를 낮추었지만, 그의 테이블로 주목이 모여 있었다.

"저것 봐, 또 소동을 벌이려 하잖아. 성가신 일이 벌어지기 전에 쫓아내자고."

"아니, 과장님. 적어도 식사가 끝날 때까지는."

나와 과장이 소매를 서로 잡아당기며 싸우는 와중에, 시모코베 씨는 뜻을 다진 듯이 아사코 씨에게 어느 질문을 던졌다.

"하나만, 가르쳐주세요. 어째서, 저는 안 되는 건가요?"

"시모코베 군."

"연하라서 그런가요? 선생님보다 벌이가 훨씬 적어서 그런가요…………? 아니, 무슨 말이라도."

아사코 씨의 곤란해하는 얼굴을 보고 시모코베 씨는 정신을 차린 듯 자기 입을 손으로 막았다.

"애당초 남자답지도 않고, 이런 한심한 녀석이니까 안 된다고, 요전에 스스로 납득했지만……. 미련스럽게 무슨 소리인지. 정말, 죄송해……."

요, 를 가로막고 아사코 씨는 테이블을 두드렸다. 큰 소리가 나고, 주위가 소곤소곤 술렁거렸다. 과장이 한숨을 내쉬었다. ──이젠 안 돼. 쫓겨나고 만다.

"너는 한심한 녀석이 아니야!"

"아사코…… 선생님?"

"그렇다면 나도, 물어보고 싶은 게 있어……. 그게 나의, 너를 향한 대답이기도 해."

깜짝 놀란 표정인 시모코베 씨에게, 아사코 씨는 계속 말했다.

"어째서, 나였던 거야? 그걸 도저히 알 수가 없었어. 한심한 건 내 쪽이잖아, 어째서 이런 수수하고 시시한 아줌마인 거야. 우리 병원 접수 담당인 애나, 옆집 약국의 약사 쪽이 훨씬 젊고 귀엽고, 좋은 아이들이잖아?"

그렇게 쏟아내는 아사코 씨. 시모코베 씨는 눈을 크게 끔뻑거렸다.

"그야 나도, 조금은 생각했어……. 하지만 역시, 어떻게 생각해도 이상하잖아? 나 같은 거랑 결혼해서 어쩔 생각이야? 이런, 결혼식장 같은 곳에 같이 와서 브라이덜 페어 같은 결혼식 견본 같은 걸 보여줘도……. 나는 저런 예쁜 신부는 될 수 없어! 나는 못생겼는걸……. 이런 추녀랑 결혼식 따월 올린다니, 네가 웃음거리가 될 뿐이야!"

"…………."

나는 말을 잃었다. 과장의 소매를 붙잡고 있던 양손을 무심코 꽉 움켜쥐었다.

"카스미 씨."

과장이 나를 내려다봤다. 딱딱하게 굳어진 내 주먹에 큰

B의 전장

손을 겹치고, 살며시 떼어냈다. 아아, 그렇지. 과장이 저 두 사람을 쫓아내고 만다. 이제는 방법이 없다.

체념하고 고개를 숙인 내 등을, 이끌어주듯이 다정하게 밀었다.

"가요."

"과장님?"

올려다보는 내 눈을 똑바로 마주 보는 과장의 눈동자.

"카스미 씨가, 하고 싶은 걸 하는 거예요."

"하지만······."

"저런 말을 하게 둬도 되겠나요?"

"············."

과장에게 머리를 숙인 나는 두 사람의 테이블을 향해 일직선으로 다가갔다.

"세상에, 아사코 선생님, 저도 저런 멋있는 신랑은 못 되겠지만······."

그런 식으로 어떻게든 시모코베 씨가 말을 하는 것 같기도 했지만, 신경 쓰지 않고 아사코 씨의 팔을 붙잡았다.

"호조 씨?"

"아사코 씨. 같이 좀 와주세요."

내게 이끌려가는 아사코 씨와 머뭇머뭇하며 시모코베 씨가 따라왔다. 과장은 셰프와 미팅이 있으니까 레스토랑에 남았다.

　도착한 곳은 3층의 브라이덜 전용 미용실. 나는 미용실 치프인 카부라기 씨에게 말을 건넸다.

　"갑작스럽게 죄송해요, 예약 없이 헤어 메이크업 리허설 가능할까요?"

　"어머, 카스미. 이쪽은 손님?"

　연령 불명, 다들 몰래 르미에 신도심의 마녀라고 쑥덕대는 숙련 미용사, 카부라기 치프의 질문에 끄덕이자 그녀는 살짝 주름이 진 손가락을 깔끔하게 모으고 입구 근처의 소파를 가리키며 "자, 여기 앉아서 기다려주세요, 아가씨"라고 아사코 씨를 맞이했다.

　"아, 아가씨?"

　이런 반응을 보여주는 것은 딱히 아사코 씨만이 아니다.

　"이곳에 오시는 건 다들 미혼 여성이니까 아가씨라 부르고 있어요. 이제 곧 쓸 수 없게 되는 경칭이니까 일부러라도 써주고 싶다는 생각에 그렇게 되었죠. 처음에는 놀라는 분도 많지만, 이게 꽤 입에 붙거든요."

그윽한 미소를 짓더니 카부라기 치프는 나를 돌아봤다.

"지금부터라면…… 비어 있는 건 타이조 군뿐이겠네."

"리허설이라고 할까 체험 같은 거니까, 이번에는 타이조 군이면 충분해요."

그 대화를 듣고 검은색 셔츠에 역시나 검은색 스키니 팬츠로 늘씬한 실루엣의 남성이 안쪽에서 걸어왔다. 안짱다리로.

"잠깐—! 이번에는, 이라든지 충분하다니 같은 말은 뭐야? 내 실력이랑 센스는 확실하다고. 말해두겠는데, 내 시간이 비어 있을 때는 드무니까, 당신은 러키야."

"그건 다들 알아. 타이조 군, 모쪼록 아가씨한테 반말은 하지 마."

타이조 군에게 못을 박은——아마도 이건 아무 효과도 없겠지만——카부라기 치프는, "그럼 아가씨, 느긋이 즐기도록 해요"라며 공손하게 인사하고 자기 일로 돌아갔다.

"자, 그럼. 당신이 나의 아가씨구나."

타이조 군은 "여기로"라면서 휙 기울인 목으로 거울 앞의 의자를 가리켰다. 당혹스러워하는 아사코 씨를 반쯤 억지로 앉히고, 천을 팔락 감았다.

"다…… 당신 남성이지?"

"그런데? 그게 어쨌는데?"

목을 빙글빙글 돌리고 길게 늘어뜨린 앞머리를 흔드는 타이조 군. 어안이 벙벙한 아사코 씨의 머리카락에 곧바로 빗을 댔다.

"잠깐…… 호조 씨, 이건 대체 뭐야, 어쩔 생각이야? 나한테 뭘 해봐야 헛수고야. 나 같은 추녀, 뭘 해봐도 안 어울려."

"아사코 씨!"

내 큰 목소리에 움찔 어깨를 떨었다.

"제 앞에서 대체 무슨 입으로 그런 말을 하나요? 알겠나요, 아사코 씨? 당신은 못생기지 않았어요. 당신은………… 얄팍한 속임수 때문에 인기 없는 것에 불과해요!"

허, 라고 목소리를 흘린 것은 타이조 군이었다.

"그게 무슨 소리야, 카스미?"

"그게, 달리 적당한 말이 안 떠올라서……. 최근에 지인이 사용하던 말을 빌려오고 말았어요……. 어쨌든!"

다시 마음을 다잡고.

"누구라도 예뻐질 수 있다, 그런 거짓말은 하지 않겠어요.

하지만 아사코 씨, 당신은 저와 달라요. 해보지도 않고서 나는 무리라고 말하지 말아요. 해보고 정말 무리였던 저한테 실례라고요!"

"그렇다고—!"

어째선지 타이조 군이 동조했다.

"뭔지 모르겠지만, 투덜대는 건 카스미한테 이긴 다음에 해!"

알겠어? 라고 따져 들었다.

"나는 여기서 수많은 아가씨를 예쁘게 만들었고, 상당히 힘겨웠던 사람도 볼만하게 만들었어. 말해두겠는데, 나를 굴복시킨 건 이전에도 이후에도 카스미뿐이야. 실력을 시험해 볼 생각으로 도전했는데…… 카스미만큼은 도저히 답이 없었어."

온갖 수단을 다 썼지만…… 하고 한숨을 내쉬었다. 거참 미안하네.

"당신……이 아니었지, 아가씨—— 이길 수 있을 거라 생각해?"

어째서 승부가 된 거야?

하지만 뭐, 그것으로 아사코 씨가 압도당한 사이에 멋대로 헤어 세팅을 시작했으니까 상관없나?

"싫어라, 아가씨. 제대로 새치염색 정도는 해, 여자의 소양이라고. 카부라기 치프도 사실은 새하얗…… 아니, 아무것도 아니야. 오늘은 포인트용으로 염색해줄게. 2, 3일은 유지되니까."

"어, 뭘 멋대로……. 아, 잠깐! 안경 벗으면 아무것도 안 보여."

"어머, 마침 잘 됐잖아. 완벽해질 때까지 보이지 않는 게 더 두근두근해. 아, 거기 신랑도 기왕이면 끝날 때까지 밖에서 기다려줘. 즐거움은 마지막으로 해두는 거야."

"신랑이 아니라고! 나도 신부가 아니야!"

이러쿵저러쿵 떠들어대는 사이에도 굉장한 속도로 머리카락을 감았다. 항상 그렇지만 타이조 군의 손놀림은 리드미컬하고 가볍다.

"시모코베 씨, 금방 끝날 테니까 잠깐 나갈까요?"

"예……? 아, 예."

복도로 데리고 나가자 그때까지 멍하니 있던 시모코베 씨가 간신히 퍼뜩 놀란 듯 입을 열었다.

"저기, 호조 씨. 저는 아사코 선생님의 외모는 아무래도 상관없다고 할까, 딱히 외모로 좋아하게 된 게 아니니까……."

"알고 있어요. 시모코베 씨를 위한 게 아니에요, 아사코 씨 본인을 위해서 하는 거예요."

어리둥절해서 고개를 갸웃거리는 시모코베 씨에게 나는 말했다.

"여성은 사랑받기 위해서만이 아니라, 사랑하기 위해서도 예뻐질 필요가 있거든요."

스스로에게 자신감을 가지지 못한다면 타인을 좋아하게 될 용기도 가질 수 없다. 예뻐질 수 없었던 나는 그것을 누구보다도 잘 알고 있다.

하지만 아사코 씨, 당신은 틀림없이 예뻐질 수 있어!

복도에서 캔 커피를 하나 다 비웠을 무렵, 타이조 군이 얼굴을 내밀었다.

"다 됐어. 여기까지 했으니까 드레스도 맞춰보자고. 카스미만 들어오고 남자는 좀 더 기다려줘."

너도 남자잖아, 그렇게 딴죽을 거는 사람은 없었다.

미용실과 옆의 탈의실은 입구야 다르지만 안쪽은 스태프용 출입구로, 커튼으로만 구분된 벽이 없는 장소로 이어져 있었다.

목 위만 완성된 아사코 씨를 데리고 옆으로 이동하자 타이조 군이 커다란 행거 레일에 진열된 드레스를 뒤지기 시작했다.

"잠깐…… 드레스라니, 그건 아니잖아. 이런 아줌마가 순백의 드레스니 프릴이니, 우습다고."

"정말로 포기를 못 하는 아가씨네. 됐으니까 나한테 맡겨."

마음먹었다, 그런 표정으로 한 벌 손에 든 타이조 군이 아사코 씨를 탈의실로 데려가는 것을 한순간 그냥 지켜볼 뻔하다가 황급히 말렸다. 손이 비어 있던 탈의실의 여성 스태프에게 착용을 부탁해서 교대했다.

다 됐어요, 그런 목소리가 들리고 커튼이 걷히자 아사코 씨가 어색하게 나왔다.

"그것 봐, 내가 이겼어!"

누가 누구한테, 어떻게 이기면 되는 거였던가. 이젠 아무래도 상관없어.

승리의 함성을 높인 타이조 군은 바지 뒷주머니에서 꺼낸 스마트폰을 아사코 씨한테 향하고 사진을 찍었다. 그러고는 들고 있던 안경을 돌려줬다.

"보시지요, 아가씨."

안경을 쓰고 화면을 들여다본 아사코 씨는 엇, 하는 목소리를 흘리더니 이번에는 벽의 큰 전신거울로 시선을 옮겼다.

"말도 안 돼……."

거울 안에는 그 옛날 외국 영화에서 튀어나온 것 같은 귀부인의 모습이 있었다.

크게 퍼지지는 않게, 세로로 부드러운 곡선이 아름다운 머메이드라인의 드레스는 담담한 금색을 띤 샴페인 화이트. 지나치게 희지 않은 광택이 살결과 어우러져서 차분한 우아함을 자아냈다.

"하늘하늘한 것에 저항이 있다면, 이런 시크한 디자인도 있으니까. 지금은 연령대 관계없이 여자는 물론 남자용 웨딩드레스도 파는 시대라고. 어떤 신부님에게도 어울리는 모양이 반드시 있어. 요즘 웨딩드레스의 베리에이션, 얕보지 말라고."

말을 잃으면서도 귀부인은 머뭇머뭇, 균일하게 파도치는 머리카락으로 손을 뻗었다.

"멋지지? 마르셀 웨이브라는 거야. 20세기 초기에 상류

계급의 귀부인 사이에서 대유행했던 헤어스타일이지. 클래시컬하고 엘레강트, 하지만 이게 어울리는 사람은 한정적이야."

의상실의 여성들도 황홀하게 아사코 씨를 바라보고 있었다.

"의연하고, 기품이 있어요. 젊은 여성들은 좀처럼 낼 수 없는 분위기예요."

"잘 봐." 아르누보풍의 꽃무늬가 들어간 은거울을 들려줬다. "낮은 코는 차밍하고, 가늘고 째진 눈은 메이크업에서 최고로 쿨 뷰티한 소재야. 나이를 핑계로 이런 좋은 보물을 썩히면 안 되잖아."

떨리는 손끝으로, 정말로 자신인지 확인하듯 얼굴을 만지는 아사코 씨.

"나…… 스스로도, 아무것도 한 적이 없었던 거야. 하지만 패션 센스도 없고, 화장도 책에 나오는 그대로 해봐야 나한테는 전혀 안 어울려서 포기했는데……."

"아사코 씨."

이름을 부르자 이쪽을 돌아보는 그녀는, 이미 동작까지 귀부인이 되어 있었다.

"저 페어의 신랑 신부들은 다들 프로 모델이에요. 모델이니까 당연히 예쁘고 그 자리에 익숙하기도 해서, 걷는 방법이나 행동거지도 세련되죠."

하지만, 하고 나는 말을 이었다.

"진짜 신랑 신부는 초보, 다들 처음이에요. 그러니까 저희가 도와드리는 거예요."

타이조 군도 가슴에 손을 대고서 끄덕였다.

"저희는 결혼식의 프로예요. 결혼 후의 생활은 두 분이 애쓰실 수밖에 없겠지만, 결혼식 당일은 저희가 전력으로 서포트해서 신랑 신부 두 분을 최고로 빛나게 만들어드려요. 단 하루일지라도, 그 후의 결혼 생활에 자신감을 가지도록. 혹시 불안해졌을 때, 문득 떠올리고 다시금 걸어갈 힘이 될 수 있을, 그런…… 두 분의 부적 같은 추억을 만들어드리기 위해서."

"호조 씨……."

뭐, 하고 나는 잠시 한숨 돌렸다. 억지로 밀어붙이고 싶은 것이 아니다. 다만 빤히 눈앞에 있는 행복을 놓치는, 그런 아까운 일만큼은 하지 않았으면 좋겠다.

"딱히 결혼할 것까지는 아니더라도, 우선은 시모코베 씨의 마음을 제대로 받아들여 보면 어떨까요? 혹시 아사코 씨가, 사실은 끝내고 싶지 않다고 생각한다면."

"…………."

거울을 놓고, 고개를 숙였다——고 생각했더니, 그녀는 안경을 벗고 고개를 들었다.

"그 사람을, 불러주세요."

의상실로 들어온 시모코베 씨는 숨을 헉 삼켰다.

"아사코…… 선생님…… 예뻐요. 굉장히……. 다른 사람 같아."

고마워, 하고 웃는 표정은 부드러워서 화장이 얼굴의 근육까지 풀어준 것 같았다.

"하지만 저는, 아사코 선생님이 어떤 모습이라도 좋아해요."

솔직한 말에, 샤프하게 꾸며진 눈을 동그랗게 떴다.

"아사코 선생님은, 안약이 아플 때라든지, 조금 불쾌한 느낌도 항상 꼼꼼하게 보고해줘요. 저한테 정보를 올려주는 것도 기쁘지만, 그런 정보가 올라온다는 건 선생님이 그만큼 세심하게 환자분들의 말을 듣고 있다는 증거예요. 생

B의 전장

글생글 붙임성 있게 진료하는 사람은 아니지만, 항상 진지하게 환자분을 생각하고, 마음을 담아서 한 사람, 한 사람 진료하는 거죠. 그런 사람…… 당연히 좋아하게 된다고요."

완고했던 그녀의 마음에 그의 말이 천천히 침투하는 모습이 보이는 것 같았다.

팔꿈치까지 올라오는 실크 새틴 장갑을 낀 손이 살며시 시모코베 씨의 뺨에 닿았다.

"요전에는 그만, 놀라서…… 때려버려서 미안해."

뺨을 붉게 물들이면서도 그는 똑바로 그녀를 바라봤다.

"나도…… 이렇게나 나를 봐주는 사람, 좋아할 수밖에 없어. 하지만, 이런…… 여자로서의 매력이 부족한 나를 보여주는 게, 무섭기도 했어. 하지만 이제부터는, 좀 더 당신이 봐주길 바라는 나 자신이 되겠어."

"아사코 선생님……!"

울음을 터뜨리고만 시모코베 씨와 당황하는 아사코 씨, 덩달아서 울음이 터지려는 것을 얼버무리듯이 두 사람을 놀리는 타이조 군을 보고 있었더니 내 가슴에도 치밀어 오르는 것이 있었다.

나는 못생겼다.

웨딩 플래너가 될 때까지는, 추녀의 인생 따위는 아무런 좋은 일도 없다고 생각했다.

하지만 지금은, 이렇게 생각될 때가 있다.

못생긴 내 모습이, 누군가에게 용기를 줄 때가 있다. 그건 무척 멋진 일이라고── 그렇게, 자랑스럽게 생각되는 순간이.

나 자신은 예뻐질 수 없더라도…… 다른 사람에게 자신감을 줄 수 있다는 사실이, 내 자신감이 된다.

그래서는 너무 소극적일까?

하지만 지금 여기, 무언가가 될 것 같은, 멋진 일이 벌어질 것 같은, 두근두근한 설렘이 마음 가득해지는 느낌──. 이 고양감은 틀림없이 신데렐라가 아름다운 공주로 변신했을 때와 같다고 나는 생각한다. 신데렐라 본인만이 아니라 마법을 건 마법사 또한 마찬가지로 행복을 느꼈다고.

"축하, 해요."

내 안에서만 곱씹듯이 속삭이고 살며시 탈의실을 나왔다.

복도로 나오자 과장이 홀로 벽에 등을 기댄 채 서 있었다. 나는 쭈뼛쭈뼛 다가갔다.

"과장님의 지시를 무시하고 제멋대로 굴어서 죄송해요."

움츠러드는 내게 흘끗 시선을 보내고 긴 한숨을 내쉬는

쿠제 과장.

"아까 미팅이 끝나고 미용실 쪽에서 카부라기 씨한테 대강 이야기는 들었다."

그런가요……라고 고개를 숙였다.

"아, 그러고 보니 페어 실패 건, 저 시말서 같은 거 써야 하나요?"

"이미 끝났어."

"예? 하지만 제 처분은? 부장님이나 지배인한테 사과하지 않아도 되나요? 전문직이니까 넘어가겠다, 그런 일은 없을 테고……. 아, 혹시 감봉인가요? 설마 잘린다든지."

과장은 조용히 고개를 가로저었다. 앞머리가 찰랑 흔들렸다.

"상사인 내가 허가해서 한 일이야. 실패했다면 내 책임으로 매듭을 지어야지. 그게 관리직의 역할이야."

"어……."

"어차피 큰 문제도 되지 않도록 수습했다. 걱정할 것 없어."

그렇게 말하는 얼굴은 업무용인 과장의 얼굴이지만……어딘가 따스해서, 이제까지 본 적이 없는 얼굴이었다.

"게다가…… 이번에는 조금, 어울리지도 않는 짓을 하고 말았어. 결국 당신이 마음대로 하게 둬버렸지."

"아, 저기, 그런 행동을 허락해주셔서, 정말 감사합니다!"

과장은 훗, 하고 표정을 풀었다.

"나는 공사를 혼동하는 게 싫은데도…… 신기하군."

"과장님……."

꽃이 흐드러지게 피어나는 듯한 미소에 그만 빠져들고 말았다.

"그런데 카스미 씨…… 앞머리 잘랐나요?"

"아뇨? 아무것도 안 했는데요."

"그런가……?"

고개를 갸웃거리는 과장. 나도 물음표를 띄우고 있는데, "그건 제쳐놓고"라고 과장이 들뜬 목소리로 말했다.

"얄팍한 속임수로 인기 없는 녀석을 규탄하고 멋지게 때려눕혀서 갱생시킨 모양이군요. 역시 카스미 씨, 당신이라면 할 수 있다고 믿었어! 듣자 하니 당신은 이곳에서 가장 실력이 좋은 미용사도 전혀 통하지 않았다지요? 도장 깨기가 아니라 미용실 깨기를 해내다니, 어디까지 확고한 추녀인 거예요, 당신은? 정말! 최강이야! 영장류 최강의 추녀야!"

……흥분해서 드높이 웃기 시작했다.

"카스미 씨. 아아, 오싹오싹해요, 당신의 추함에. 더는 못 기다려, 대체 언제 나랑 결혼해 줄 건가요? 나도 그 사람처럼 공개 프러포즈를 하면 될까요?"

"그건 절대로 하지 말아요."

"부끄러워하는 건가요? 부끄러워하는 추녀도 좋군요……. 그럼 적어도 데이트를 해주세요! 사실은 파리든 런던이든 함께 가고 싶지만, 카스미 씨는 부끄럼쟁이 같으니까 우선은 당일치기라도 괜찮아요, 데이트하죠! 손가락질당할 정도로 못생긴 게 도드라질 법한, 화려한 장소에 꼭 가자고요!"

안 갈 거야.

……한순간 두근거릴 뻔했던 스스로를 때리고 싶다.

뭐야? 정말로 이 사람, 대체 뭐야? 게다가 이상하게 육식계잖아.

남자가 들이댄 적 따위는 없었으니까 잘 모르겠지만, 보통 이렇게나 불쑥불쑥 다가오는 걸까? 게다가 상대는 추녀. 필사적일 필요도 없이 (이런 식으로 말하지만 않는다면) 간단히 낚을 수 있을 텐데.

"과장님."

"카스미 씨도, 나를 타카츠구 씨라고 불러요."

"안 불러요. 저기, 어째서 이렇게나 적극적인가요? 과장님이라면 틀림없이 인기 있을 텐데, 나 같은 사람한테 집착할 필요 없이, 절세의 미녀라면 모를까 추녀라면 얼마든지 붙잡을 수 있잖——."

시야가 갑자기 어두워졌다. 눈앞에는 정장 너머로도 알 수 있는 다부진 가슴팍. 얼굴 양옆에는 팔. 등에 닿은 벽으로 몰아넣듯이, 내 몸은 억센 체구에 폭 덮여 있었다. 체온까지 느껴질 법한 거리에서 과장의 고귀한 향기가 코를 통해 내 안으로 들어왔다.

이건—— 소문으로 듣던, 벽 쿵——.

"카스미 씨 정도의 추녀를…… 좋은 추녀를 발견하는 게 얼마나 큰일인지, 모르는 건가요!"

응?

"알겠나요, 추녀는 미인과 달리, 눈에 띄는 모습으로 당당하게 사람이 많은 곳에 나가서 좋은 용모를 과시하거나, SNS에 여봐란듯이 셀카를 찍어서 올리거나 하진 않는다고요! 고작해야 특별한 화장에 사진을 포샵해서 원형을 유지하지도 못하는 날조 사진을 가짜 이름으로 올리는 정도거든요! 알겠나요? 기본적으로 못생긴 건 감추는 법이라고요, 좀처럼 세상에 나오지 않는, 희소하고 귀중한 존재예요!"

……그렇구나. 예, 잘 알았어요. 저는 기적적으로 인간 세상에 강림한, 환상의 짐승 같은 무언가라는 이야기군요. 그건 굉장하네. 영광스럽게 생각하겠냐, 이 바보.

"이제는 죽을 때까지 이상적인 추녀는 찾을 수 없겠다고 포기하려던 참이었는데, 당신과 만날 수 있었어요……. 너무나도 큰 행운에, 저는 내일에라도 죽는 게 아닐까 겁먹고 있을 정도예요. 그러니까 부디, 제가 죽기 전에 결혼해주세요!"

"죽어."

"어, 뭐라고요?"

"아뇨, 딱히."

나는 슥 허리를 숙여 과장의 팔 아래로 빠져나와서는 엘리베이터로 뛰어가 '닫힘' 버튼을 연타했다.

"호조 씨, 최근에 자주 오네."

곧바로 돌아가도 괜찮았을 텐데, 내 다리는 화단으로 향하고 있었다.

"미안해요. 오늘은 용건이 없는데도 어쩐지…… 여기로 오고 싶어서."

"사과할 것 없어. 나도 알아, 꽃집은 뭔가 차분해지거든. 꽃이 가득 있어서 치유되니까. ……뭔가 힘든 일이라도 있었어?"

치유해주는 건 꽃이 아니라 타케우치 씨에요. 그런 본심은 입 밖으로 꺼낼 수 없지만, 나는 끄덕이고 꽃꽂이 바구니를 들여다봤다.

"그런가. 업무에서 뭔가 실수라도 했어?"

"아뇨, 업무……라고 할까 뭐라고 할까, 그 연장선 같은 일로 조금 좋은 일이 있었는데, 그걸 허사로 만들 정도로 싫은 일이 있어서."

응. 고개를 끄덕이며 타케우치 씨는 카운터 안으로 사라졌다. 포트에 물을 끓이는 소리가 들렸다. 모습이 보이지 않아도 제대로 이야기를 들어준다고 느꼈다. 나는 계속 말했다.

"얼마 전부터, 이상한 사람이 들이대서."

"어, 그래?"

놀라서 뒤집어진 타케우치 씨의 목소리에 나도 놀랐다. 실수했다. 타케우치 씨가 뭐든 들어줄 것 같으니까, 그만 입 밖으로 꺼내고 말았다.

"아, 미안해요, 이런 이야긴 못 믿겠죠, 저 같은 추녀한테 들이대다니……."

최악이야. 하필이면 타케우치 씨한테, 못생긴 주제에 안타까운 착각이나 하는 여자라 여겨지고 말았다……. 굉장히 부끄럽다. 사라지고 싶다. 눈두덩이가 확 뜨거워졌다.

"그렇지 않아."

그러면서 타케우치 씨는 김이 피어오르는 플라스틱 컵을 들고 안쪽에서 돌아왔다. 자, 라며 건넨 그것에 눈물을 얼버무리며 바로 입을 댔다. 뜨거운 매실차의 김으로 시야가 부드럽게 흐려졌다.

"그래서, 그 사람이 끈질기게 굴어서 곤란해?"

타케우치 씨는 계속 이야기해 주었다.

그 상대가 쿠제 과장이라고 말하지는 않으니까 짚신도 제짝, 나와 필적할 정도로 못생긴 사람을 상상하고 있을지도

모르겠지만. 하지만 이런 이야기를 진지하게 들어준다. 그
것만으로 내가 평범한 여자가 된 것 같다고 느꼈다.

"끈질겨서…… 그런 것도 있지만, 그 사람 변태…… 아니,
저랑 사귀고 싶다는 등의 이야기를 하는 것치고는, 인사 대
신에 추녀라든지 그런 말을 하는 사람이라. 도저히 저를 진
심으로 좋아하는 것 같지는 않으니까…… 무엇보다도, 상처
받아요."

"좋아하는 아이를 괴롭히는 그런 거? 나도 초등학생 정도
까지는 그런 일도 있었는데."

"그런 게 아니라고 생각해요. 오히려 본인은 칭찬한다고
생각하는 모양이에요." 영문을 모르겠다고 생각하지만요.

타케우치 씨는 으―음, 하고 신음했다.

"호조 씨는 착한 아이니까 말이지. 너무 이상한 사람하고
사귀진 않았으면 좋으려나."

"이 이야기…… 믿어, 주는 건가요. 그게, 저, 이렇게나 못
생겼고, 저 따위한테……."

상처투성이 손가락이 가볍게 내 뺨을 툭 쳤다.

"아까부터, 여자가 자기를 못생겼다느니, 저 따위라느니,
그러지 마. 기껏 이렇게나 착한 아이인데, 그런 소리를 한다

면 부모님도 슬퍼하셔.”

“……또, 그 말이군요.”

──착한 아이. 내게는 너무나도 익숙해진 말이다. “귀엽다”라고 칭찬받을 수 없는 여자는 반드시 “착한 아이”라고 평가받는다. 여자는 그중 무언가로 형용해야만 한다는 규칙이라도 있는 것처럼.

“착한 아이라니, 뭘요.”

20여 년을 계속 품으며 바싹 졸아든 것이, 입에서 주르륵 흘러나왔다.

나를 잘 모르는 사람이라도 다들 그렇게 말한다. 중학생 시절, 현관에서 이야기한 적조차 없는 다른 반 여자애가 어째선지 “호조 씨는 착한 아이야”라고 남자한테 말하는 것을 들었다.

저건 뭐였을까. 연민? 동정? 우월감?

싫다, 또 사고가 어두워진다. 비굴해지고 싶지 않은데…….

“꽃 같은 여자라는 걸까.”

생각도 해본 적 없는 대답이── 대답이 돌아올 거라 생각하지도 않았는데── 들려서, 튕기듯이 고개를 들었다.

"꽃 같다……고요? 제가?"

"응. 확실히 호조 씨는 미인이라든지 그런 느낌이 아니지만…… 아, 미안해. 이상한 의미가 아니고."

아뇨, 배려하지 않아도 괜찮아요, 물론 알고 있어요. 오히려 빤히 들여다보이는 위로를 받는 게 대답하기 곤란하니까 편하네요.

"항상 생글생글하고, 열심이고. 자연스럽게 주위의 사람들을 평온하게 해주는, 편안한 분위기 같은 걸 가졌다고 생각해. 인품이겠지, 티 나지 않는 다정함이…… 꽃향기 같은 사람이구나, 해서."

"꽃…… 향기?"

"그래. 진짜 꽃향기. 화장품이나 향수의 플로럴 같은 화사하고 선명한 향기가 아니고. 여기도 이렇게나 꽃이 가득한데, 방향제같이 무척 달콤한 냄새 같은 건 없잖아? 진짜 꽃향기는 조금 아릿하거나 풋내가 나서…… 소박하고, 친근함이 깊거든."

그러더니 타케우치 씨의 입가가 씨익 올라갔다. 얼굴 가득 주름이 생기고, 더더욱 늙어 보였다. 나를 긴장하게 만들지 않는 얼굴. 안도하게 되는 미소. 타케우치 씨는, 해님 같다.

"꽃이라니…… 귀여운 걸로 절 비유한 거, 처음이에요……."

화사한 색깔도 하늘하늘한 꽃잎도 아닌, 눈에는 보이지 않는 향기이지만.

젖은 흙 위에 햇살이 내리쬐고, 땅속으로 열기가 서서히 전해지는 것처럼, 바싹 마른 씨앗이었던 내 마음에, 타케우치 씨의 다정한 목소리가, 말이, 서서히 스며들었다.

"귀여워, 호조 씨는."

지상에서 무슨 일이 벌어져도 동요하지 않고 눈부시게 빛나는 해님처럼. 자못 당연하다는 듯 타케우치 씨는 말했다.

둥실둥실했다.

몸이 떠오르고, 솜털처럼 날아갈 것만 같았다.

3

something
BOOKing

어머니.

태어나서 처음으로, 남자가 "귀엽다"라고 말해줬어요.

어머니의 말대로, 어떤 얼굴이라도 운명의 상대에게는 귀엽게 보이는 걸까요?

어머니.

혹시 제게도 꽃봉오리 터지는 봄은 돌아오는 걸까요?

귀중한 점심시간을 이미 10분이나 헛되이 날리고, 나는 1층 로비 근처를 어슬렁거리고 있었다.

타케우치 씨와 만나고 싶다. 하지만 화단에 갈 구실이 없다.

이번 달 미니 부케 주문은 이미 마쳐서 방금 이유도 없이 막 방문한 참이다. 아니, 하지만 그 후로 일주일은 지났고,

이제 슬슬, 또 이유도 없이 가도 될까? 아니아니, 하지만 이제까지 한 달에 한두 번 정도밖에 안 가다가 갑자기 너무 빈번하게? 조금 "귀엽다" 같은 말을 들었다고 해서, 빈말을 진지하게 받아들여서 들러붙어도 민폐겠지. 스스로도 들떠 있다는 자각은 있으니까아아아아아······!

······그렇게 기나길게 이러쿵저러쿵 고민하는 와중, 갑자기 "호조 씨"라고 불려서 깜짝 놀랐다.

돌아보고 그만 어리둥절했다. 누구였더라, 한순간 생각하고 퍼뜩 깨달았다.

"아아! 아사코 씨!"

"지금 한순간 누구냐는 표정이었지."

평소의 수수한 모습도, 지난주의 변신한 모습과도 다른, 머리를 짧게 자르고 여름용 원피스에 서머 재킷을 걸친 화사한 언니가 짓궂게 웃고 있었다. 콘택트렌즈로 바꾸었는지 안경도 쓰지 않았다.

"마침 잘 됐어, 당신이랑 만나러 가던 참이었거든."

"아사코 씨, 굉장히······ 분위기 바뀌었네요."

"당신 덕분에, 여자를 갈고닦는 것에 눈을 떠버려서. 어제는 타이조 군이랑 네일숍에 다녀왔어. 이거 봐."

어느샌가 친해졌네.

"어라, 그건."

내민 손등 왼쪽 약지의 밑 부분에는, 반짝 빛나지는 않지만 윤기가 나는 파란 돌이 살며시, 그러나 확실한 존재감을 가지고서 자리 잡고 있었다.

"터키석. 수수하지만, 탄생석이야."

"그럼 시모코베 씨랑……!"

고개를 끄덕이고 아사코 씨는 최고로 아름답게 미소 지었다.

"12월, 대길일인 토요일로 넣어둬."

"……예! 맡겨주세요!"

"……고마워. 호조 씨."

가슴이 확 뜨거워졌다. 아사코 씨…… 패션이나 헤어스타일도 바뀌었지만, 무엇보다도 표정이 아름다워졌다.

"그런데 당신은 이런 곳에서 뭘 하고 있어? 혼자서 중얼중얼하면서 왔다 갔다, 거동이 엄청 수상해 보이는데."

"그, 그건…… 조금, 이 앞의 플라워 숍에 가고 싶은데, 아무 용건도 없으니까 좋은 구실은 없을까 생각이 안 나서요……."

한심하게 뺨을 긁적이는 나를 아사코 씨는 가여운 사람이라도 보는 듯한 눈빛을 보냈다.

"당신 무슨 말이야? 꽃집에 가는데, 꽃 사는 거 말고 어떤 이유가 있겠어?"

······오오.

그런가. 이제까지 업무와 관련된 일로만 이용했으니까 당연한 사실을 잊고 있었지만, 내가 평범하게 꽃을 사도 되는 것이다. 방에 좀 장식하는 거라든지. 이런 얼굴이라도 자기 방에 꽃을 가꾸는 정도의 여자력은 가지고 있다고 어필도 될지 모른다.

"그럼 난 이제부터 위의 레스토랑에서 그이랑 점심 식사를 할 거니까. 요전에도 결국 미처 못 먹었으니까 말이지."

아사코 씨에게 손을 흔들어 답하고 나도 얼른 화단으로 향했다. 하지만,

"으아, 이거 뭐야······."

복도에서 유리 너머로 가게 안을 들여다봤더니 안에는 수많은 여성이 줄을 지어서 통로를 가득 메우고 있었다. 카운터에는 타케우치 씨, 가끔씩 보는 아르바이트 중년 여성과 평소에는 볼 일 없는 도우미 같은 플로리스트가 바쁘게

꽃을 포장하고 있었다.

그러고 보니 오늘은 사이타마 슈퍼 아레나에서 아이스쇼
가 있으니까 객실은 만실, 레스토랑 쪽도 무척 바쁘다고 들
은 것 같기도 했다. 점찍은 스케이터에게 선물할 꽃을 사는
손님이 밀려들어 플라워 숍도 이런 상태겠지.

사이타마 슈퍼 아레나는 스케이트 링크도 설치할 수 있
으니까 시즌 중에는 대회로, 오프 시즌은 쇼로 일 년 내내
자주 이용된다. 그 밖에도 각종 스포츠나 음악 이벤트, 전
시회 등 다양한 행사가 열리는 큰 시설로, 보행자 통로로
직결된 르미에 신도심 호텔은 매번 그 영향을 고스란히 받
는다.

역시나 이런 수라장에 들어갈 수야 없다. 나도 일하자.

쿠제 과장이 누차 말했던 "쓸데없이 시간을 쓰지 마라"라
는 것은 지극히 지당해서, 웨딩 플래너는 엄청 바쁜 성수기
에는 일분일초마저도 아까울 정도의 격무다.

내가 과장의 경고를 무시하고 시모코베 씨, 아사코 씨한
테 엮여 있던 만큼의 영향은 확실하게 돌아와서, 현실은 둥
실둥실 들떠 있을 때가 전혀 아니었다.

통상 업무를 소화하며 쌓여 있던 일을 정리하는 사이에 순식간에 시간은 지나가서 간신히 밀린 일을 처리했을 무렵에는 가을로 돌입.

지내기 편한 가을은 결혼식의 인기 시즌—— 그러니까 브라이덜이 피크인 시기. 당장에라도 쓰러질 것 같은 피로를, 지금만큼은 쓰러지지 않겠다는 기합만으로 넘어서야만 하는, 플래너에게는 그야말로 사투의 시즌이다.

그런 가을을 올해도 영혼을 소모시키는 심정으로 어떻게든 살아남아서 12월을 눈앞에 두고, 간신히 조금은 살 수 있을 것 같은 상황이 되었다.

플래너 모두가 책상에 둘러앉은 월례 미팅도 12월은 무척 분위기 좋게 진행되었다.

지난달에는 전원 살인 청부업자 같은 눈빛으로, 한시라도 빨리 마치고 자기 일로 돌아가겠다며 안절부절못했지만, 이번 달에는 다들 여유를 되찾아서 화기애애하게 이번 달의 모든 결혼식 예정을 확인하고 플라워 샤워를 하는 옥상 정원의 방한 대책 등으로 아이디어를 나누었다.

"카스미 선배님—, 이번 달 선배님 결혼식, 야나가와 타케시 님 타즈 키요미 님 중에 신랑인 야나가와 님은, 혹시나 만화가 야나가와 타케시 선생님 아닌가요?"

"그런데. 하나오카 잘 아는구나."

꺄ー! 하고 새된 비명을 터뜨렸다.

"애인이 서브컬처 쪽을 좋아해서ー, 주간 소년점프는 체크하고 있거든요. 야나가와 타케시의 〈마른 우물☆SCOPE〉, 애인도 저도 엄청 좋아해서ー, 다음에 애니메이션으로 만드는 건 틀림없이 마른 우물이라고 다들 그러거든요! 그보다도 사인! 사인을 받아주세요ー!"

"호ー, 인기 있구나, 야나가와 님 만화. 굉장하네."

"그보다도 카스미 선배님 반응 너무 싱거워요ー! 읽은 적 없나요? 엄청 재미있다고요, 웃기고 울리고, 게다가 천문학이라든지 그런 걸 사용해서 주인공이 활약하는 장면이 엄ー청 좋아서, 뭔가 다 읽으면 머리가 좋아진 것 같은 기분이거든요."

"흐ー응…… 그리고 보니, 신랑 신부는 홋카이도의 대학에서 같은 천문 동아리에 들어간 게 교제의 계기라고 그러셨지. 작품에는 신부의 아이디어도 잔뜩 들어 있다고 들었어."

"어—, 그럼 저 작품이 이미 두 분의 공동 작업이군요. 멋져!"

카스미 선배님도 꼭 읽어야 해요! 라고 할까 읽어주세요! 거친 콧김으로 그렇게 다가오는 하나오카. 나는 애매하게 쓴웃음을 지었다.

……사실은, 나는 의식적으로 만화와 거리를 두고 있다.

만화가 싫어서 그런 것이 아니다. 오히려 좋아하니까 다가가지 않으려고 했다.

"만화 좋아해!"라는 한마디는, 말하는 사람의 외모에 따라서 크게 다른 식으로 받아들여진다고 생각한다.

귀여운 아이라면 갭이 되어서 괜찮을지도 모르겠지만 이런 외모로 만화나 애니메이션 등, 오타쿠스러운 이야기를 하는 건 그만두는 게 낫다. 그 사실을 깨달은 것은 중학생 시절.

그럼에도 처음에는 사람을 골라서, 같은 취미인 아이한테만 그런 이야기를 하도록 조심했지만…… 나와 만화 이야기로 떠들고 있으면 그 상대까지 한 묶음으로 "기분 나쁜 오타쿠"라 불리고 말았다.

나는 뛰어난 스포츠 실력을 갖췄거나 모두를 이끄는 리

더 타입은 아니었지만, 딱히 불결한 모습이거나 기분 나쁜 언동을 했다고 생각하진 않는다.

하지만 다들 같은 교복을 입고 규칙 내의 복장을 지키고 있으니, 안면의 개성이 다이렉트로 그 아이의 인상이 된다. 그곳에 오타쿠적인 요소가 조금이라도 더해지면 추녀는 바로 기분 나쁜 오타쿠가 되는 것이다.

귀여운 여자나 눈에 띄는 남자 그룹이 수업 중에 만화를 읽는 것은, 일종의 스테이터스인데.

그 후로 나는 만화 화제를 그만두고, 어느샌가 읽는 일 자체가 사라져버렸다.

시대는 바뀌어 옛날과는 오타쿠라는 말의 인상도 의미조차도 달라지고 있지만, 아직은 어쩐지 서점의 만화책 코너에는 다가가지 않고 있었다.

하지만…… 확실히 자신이 담당하는 고객님에 대해서는 더욱 깊이 알아두어야 할지도 모르겠다.

신랑 신부한테 들은 정보만으로도 결혼식 플래닝에는 충분하지만…….

"하지만, 최근에는 조금 느슨한 느낌이지만요. 벅찬 느낌이라고 할까. 하지만 처음 부분은 정말로 재미있으니까요!

읽어봐서 손해 볼 거 없어요!"

"그렇구나……."

사고가 애매하게 흔들리는 사이, "호조 씨" 하고 내 이름이 불렸다.

"예…… 무슨 일이세요, 과장님."

"야나가와 님 타즈 님, 양가의 플래닝은 만전이라고, 틀림없이 이 이상 없는 완성도라고 자신을 가지고 말할 수 있겠나?"

말문이 턱 막혔다. 내 안의 망설임을 꿰뚫어 보고 있었다.

"즉답할 수 없다면, 할 수 있도록 해두도록."

…………알겠습니다, 하고 대답을 했다.

이것은 '일'이다.

그렇다. 언제까지고 중학생 시절 일을 질질 끌며 자신의 콤플렉스 탓에 최선을 다하지 못해서야, 플래너 실격이다.

일이니까. 하나오카가 저렇게나 권유하니까. 상사의 명령이니까………… 이만큼의 구실을 얻었으니까.

지금이, 극복할 좋은 기회일지도 모른다.

그날 돌아가는 길, 바로 기타요노역 앞의 대형 서점에 들러봤다.

B의 전장

에스컬레이터를 타고 2층으로 올라간 눈앞, 만화 판매장에 다다르자 내 목적인 만화는 평대에 쌓여 있고 팝업이 달려 있었으니까 바로 알 수 있었다. 하나오카의 말대로 주목받는 작품인 듯했다.

하나오카가 "3권까지는 읽어주세요"라고 계속 확인했으니까 일단 그 세 권을 손에 들었다. 이것은 일, 업무용 자료라고요—, 라고 누군가에게 전할 것도 아닌 텔레파시를 몸에서 발사하며 계산대로 향했다. 그때 생각지도 않은 사람을 발견했다.

"타케우치 씨?"

서점 한편에 늘어선 음식점에서 이 서점 봉투를 든 타케우치 씨가 나왔다. 내려가는 에스컬레이터로 향하는 참에 나와 눈이 마주치고, 이쪽으로 걸어왔다.

만나자고 생각하면 못 만나는데, 생각하지 않았을 때 우연히 만난 것이다. 살짝 운명 같은 것을 느끼고 말았다.

"지금 돌아가? 이런 곳에서 호조 씨와 만날 수 있다니. 그러고 보니 사이쿄선이었던가?"

"예. 타케우치 씨는 자주 오나요?"

"응, 난 여기 사니까. 오늘은 원예 잡지를 사러 와서, 겸사

겸사 저녁. 여기 중국집 싸고 맛있어. 마파두부에 통산초가 든 그라인더가 같이 나와서, 실컷 드르륵드르륵 갈아서 먹으면 혀가 찌릿찌릿한 게, 그게 최고야."

호오, 그렇게 맞장구를 치며 아까 타케우치 씨가 나온 중국집 쪽으로 시선을 향하자, 그는 자연스럽게 엄청난 말을 꺼냈다.

"다음에 호조 씨도 같이 먹자고."

어, 라며 그만 눈을 부라리고 타케우치 씨의 얼굴을 봤다.

타케우치 씨도 어라? 라는 표정으로 나를 봤다.

아, 그런가그런가. 그렇겠지, 응. 같이, 라고 했지, 아무도 단둘이서라고는 안 했으니까. 설령 단둘이더라도 나 같은 건 여성으로 셀 수도 없고, 노카운트니까. 응, 특별히 의미가 있을 리 없겠지. 무언가 착각한 리액션을 해버려서 점점 부끄러워졌다.

"아, 그러네, 미안해. 여자한테 식사 권유를 하는데 갑자기 싸고 맛있는 서점의 중국집이라는 건 아니겠네."

——그쪽?! 그보다도 '여자'라니…… 나, 여자 취급을 받고 있어……?

그저 눈만 끔뻑거리고 있었더니 타케우치 씨는 수줍은

듯 머리를 긁적이고 내 손으로 시선을 떨어뜨렸다.

"어라, 호조 씨 소년 만화 같은 거 읽는구나."

"아! 아, 아뇨 이건, 담당 손님이 그리시는 만화라서. 동료가 추천하기도 해서 공부라고 할까, 손님을 알기 위해 읽어 볼까 해서……."

"여전히 일을 열심히 하네. 하지만 그거 정답이야, 그 만화 엄청 재미있으니까. 지금 잡지 연재 쪽은 조금 장황한 느낌이지만, 거기 3권까지는 엄청 빨려 들어갈 거라 생각해."

"어, 타케우치 씨도 읽나요? 그것도 잡지까지?"

"응. 나잇살 먹은 아저씨가, 소년 만화를 읽는다. 이상한가?"

"아, 아뇨 그런 게……."

도리도리 고개를 내저었다.

"책을 좋아하니까, 만화만이 아니라 소설이든 교양이든 뭐든 읽는 거지만. 재미있다고 그러면 순정 만화도 읽으니까."

"순정 만화도?"

"응. 아니, 어라, 질려버렸어? 서른 넘은 남자가 순정 만화라니, 기분 나쁘겠지?"

"그럴 리가! …………저, 저도, 좋아해요…… 순정 만화.

최근에는 읽지 않지만."

⋯⋯심장이 두근두근했다. 마치 비밀을 털어놓는 듯한 기분이었다.

"호—, 호조 씨는 어떤 걸 좋아해?"

"예? 으—음, 옛날 만화지만⋯⋯ 〈반짝반짝 딜라이트〉라든지 〈언니는 저혈압〉이라든지, 알아요⋯⋯?"

타케우치 씨는 싱긋 웃으며 끄덕였다.

"그 정도야 유명하니까. 물론 읽었어. 전부 명작이지."

"아⋯⋯ 예! 어릴 적에 저어어엉말로 좋아했거든요! 잡지로 읽었는데, 발매 전날 밤에는 산타클로스를 기다리는 것처럼 두근두근해서 잠도 못 들고."

"부록도 붙어 있으니까. 매월 크리스마스 선물이야."

"정말 그래요! 행복한 초등학생이었죠⋯⋯. 중학생 때는 SF 같은 거라든지, 역사 로망 같은 것도 좋아서⋯⋯."

무척 좋아했던 만화 이야기에 그만 대화에 열기가 담겼다. 설마 어른이 되어서, 그것도 남자와 순정 만화 화제로 신나게 대화를 나눌 수 있다니.

"저기요, 줄 선 건가요?"

"어, 아뇨, 죄송합니다."

계산대 앞에서 대화에 신이 난 나머지 다른 손님에게 방해가 되어버렸다. 황급히 그 자리에서 물러난 뒤 둘이 얼굴을 마주 보고 수줍게 웃었다.

"일단 이거, 살게요."

줄 제일 뒤에 다시 서려는 내게 타케우치 씨가 말했다.

"응. 역까지 바래다줄게, 밑에서 기다릴 테니까."

"역이라니…… 코앞에 있어요."

응, 하며 끄덕이고 타케우치 씨는 내려가는 에스컬레이터 쪽으로 사라졌다.

지금 그것도, 아까 그것도…… 무슨 의미일까.

자만해도 될까……. 아니아니, 나는 어지간한 추녀가 아니다, 기대는 금물이다. 하지만 타케우치 씨는, 전에도 나를 귀엽다고 말해줬으니까…….

계산대에서 돈을 지불하고 직원이 북커버를 씌우는 동안에도, 두근두근 높이 뛰는 가슴의 고동――이, 갑자기 큰 소리에 덜컹 멈춰버릴 뻔했다.

"아―앗! 카스미 씨, 어째서 사버렸나요?"

"어, 예?"

올라오는 에스컬레이터에서 튀어나온 것은 예의 변태 상

사였다.

"이런 곳에는 어쩐 일인가요……? 과장님도 책을 사러 왔나요?"

여긴 직장에서 가까우니까, 타케우치 씨와 우연히 만난 것처럼 과장과 우연히 만날 수도 있나?

"아뇨, 오늘 미팅 다음에 그런 이야길 했으니까, 카스미 씨라면 틀림없이 돌아가는 길에 이 서점에 들를 거라 생각해서. 정확히 노리고 왔어요."

득의양양한 표정이었다.

"점점 더 스토커 같아지고 있네요."

내가 어이없어하는 것도 개의치 않는 태도로, 과장은 멋대로 계속 말했다.

"카스미 씨가 책장에서 책을 꺼내려고 할 때, 동시에 꺼내려던 저와 손이 닿고 '앗……' 하는 걸 하고 싶었는데 늦은 모양이네요. 아쉬워요."

"뭔가, 엄청 오래된 거 너무 봤어요."

게다가 평대에 쌓여 있었어요.

"뭐, 그건 훗날 다시 하고, 기왕이니 바래다줄게요, 미나미요노였죠? 여기 주차장에 차를 세워뒀으니까."

"훗날에도 안 해요. 기왕이고 뭐고, 과장님이 쫓아온 거잖아요. 그리고 바래다주실 것 없어요, 전철로 돌아갈게요."

절세의 미남과 절세의 추녀, 옆에서 보면 너무나도 상황을 알 수 없는 대화에 당혹스러워하는 서점 점원한테서 커버를 씌운 만화가 든 봉투를 척 받아들었다.

"괜찮아요, 갑자기 방으로 들어가려는 흑심은 없으니까. 제대로 단계를 밟을 테니까요."

"아무것도 밟지 마세요! 잠깐, 따라오지 말라고요, 정말로."

말다툼하는 사이에 에스컬레이터를 내려와서 출구에 도착해버렸다. 바깥의 땅거미와 형광등이 비치는 가게 안을 가로막는 자동문 앞에서 블루종 주머니에 손을 넣고 서 있던 타케우치 씨가 돌아봤다.

"어라, 그 사람."

타케우치 씨의 시선이 과장의 얼굴과 정장 옷깃의 회사 기장을 왕복했다.

"아…… 이쪽은 제 상사, 브라이덜과의 쿠제 과장이에요."

순간적으로 평소의 딱딱한 표정으로 전환한 과장은 가슴께에서 명함집을 꺼내고 한 장 뽑아서 타케우치 씨에게 건넸다.

"어, 안녕하세요. 미안하네요, 난 명함을 들고 다니지 않아서. 르미에 1층에 입점 중인 모리노 화단 지점장, 타케우치라고 합니다."

"알고 있습니다."

"어, 그렇습니까? 저도 이름뿐이라면 알고 있어요, 브라이덜 부분의 플라워 코디네이트라든지 아르바이트하는 분들이 떠들어댔으니까. 지금 얼굴을 보고 혹시나 했는데, 생각했던 대로 쿠제 씨였군요."

"저는 이름은 몰랐습니다만, 얼굴은 봤습니다."

"그런가요? 어디서 마주쳤던가?"

여유롭게 대응하는 타케우치 씨에게 위부터 아래까지 노려보듯 시선을 움직이는 과장.

그러고 보니 과장은 타케우치 씨를 자신이 싫어하는 얄팍한 속임수와 인기 없는 사람 같은 식으로 말하면서 화를 냈던 것 같다. 영문 모를 제멋대로인 논리이지만, 적어도 좋게 생각하지는 않을 터.

"그럼, 또 보죠. 갈까, 호조 씨?"

"아, 예."

타케우치 씨를 따라서 자동문을 지나간 순간—— 코트

등을 꾹 잡아당겨서 "엇" 하고 생각한 다음 순간에는, 균형을 잃고 땅바닥에 들러붙어 있었다. 개구리 같은 모양새로, 찰딱.

"호조 씨?! 괜찮아?!"

"……아, 아야……."

팔로 상체를 일으키고, 무슨 일이 벌어졌는지 돌아봤다. 올려다본 시선 앞에는 고개를 갸웃거리며 자기 오른손을 바라보는 과장이 있었다── 당신이군요.

"갑자기 무슨 짓인가요, 과장님! 위험하잖아요!"

과장은 한순간 퍼뜩 놀라더니,

"아…… 미안해요. 갑자기 가려고 하니까, 그만 순간적으로."

그렇게 사과한 것도 잠시, 그리고는 진심으로 감탄한 듯, 한숨 섞어서 말했다.

"그건 그렇고, 역시 카스미 씨. 넘어지는 모습까지 못생겼네요."

…………아연실색.

"자, 주차장은 저쪽이에요."

과장은 한쪽 무릎을 꿇고 나를 일으키고자 예쁜 손을 뻗었다. 나는 그 손을 피하듯이 몸을 뒤틀었다.

"카스미 씨……?"

나는 망설임 없이 타케우치 씨의 손을 잡고 있었다. 팔을 빌려서 일어서고, 결연하게 돌아봤다.

"아까도 말했지만, 바래다줄 필요 없어요. 당신 같은…… …… 남의 아픔을 모르는 사람과, 1초도 함께 있고 싶지 않아요!"

"……──!"

과장은 놀란 듯, 살짝 눈을 크게 떴다.

"가요, 타케우치 씨."

"으, 응. 하지만, 괜찮겠어?"

"괜찮아요."

나는 이미 걸어가고 있었다. 로터리의 보도를 빙글 돌아서, 고가선 아래에 설치된 기타요노역 입구로 들어갔다. 계단 앞에서 서점 쪽을 돌아봤더니 과장은 아직 그 자리에 우두커니 서 있었다.

언제까지 서 있을 건가요.

그런 표정 지어도 몰라요. 그런 표정…….

항상 추녀추녀, 그런 말에 상처받은 건 나인데. 지금 뭔가 갑자기 넘어져서, 손도 무릎도 얼굴도 아픈데…….

──그런데 어째서, 과장님이 저렇게, 아프다는 표정인가요?

"호조 씨……?"

"아, 미안해요. 타케우치 씨도, 여기면 됐어요. 고마워요."

"응, 또 보자고. 조심해서 가."

예, 라며 가볍게 머리를 숙이고, 계단을 올라가서 개찰구를 지났다.

……──아아. 뭔가, 찌릿, 가슴까지 아프잖아요.

이제 정말로 싫어……. 저 사람이 온 다음부터 평온한 기분으로 있을 수가 없다.

이제까지 나는 추녀 나름대로 자기 안에서 이것저것 타협하고 평화롭게 살아왔는데.

이 이상 내 마음에 풍파를 일으키지 말아요.

어딘가 답답한 기분을 질질 끌면서도, 그날 밤 나는 잠옷 차림으로 침대에 누워서 야나가와 님의 만화 〈마른 우물☆SCOPE〉의 표지를 넘겼다.

별을 조종하는 힘이 깃들었다는 전설의 우물 'EZO'를 찾는, 소년 에토의 모험 판타지.

1권에서는 항해의 위기 상황을 에토가 아버지에게 물려받은 천문학 지식으로 돌파하고 무사히 북쪽 대지 홋카에 다다른다. 2권은 오망성 전쟁으로 황폐해진 홋카의 마을을, 천문학을 활용한 농업으로 다시 부흥시키는 모습을 그리고, 그 후 늠름하게 성장한 에토가 어릴 적의 동료와 재회하고, 그들과 함께 또다시 'EZO'를 찾는 여행을 나서고자 마을을 떠나는 결의를 다지는 것이 3권 마지막이다.

결론부터 말해서, 재미있었다. 엄청 감동했다.

줄거리를 들었을 때는 솔직히 흔한 이야기일까 싶었지만, 세세한 부분까지 치밀하게 그려진 일러스트가 읽는 사람을 압도할 정도의 설득력을 갖고 있었다.

특히 마지막 양면 페이지인 라스트 신, 동료들과 올려다보는 별이 가득한 하늘은 압권이었다. 검은색으로 그려져 있을 텐데도 감청색 밤하늘에 금은 빛 별들이 빛나는 모습이 또렷이 눈앞에 펼쳐지고, 나도 홋카의 대지에 서 있는 듯한 착각에 덮쳐들었다.

하나오카(의 애인) 말에 따르면 빼곡하게 그려진 이 별,

어느 페이지의 어느 컷이든 전부 이 세계의 성도에 맞는 정확한 위치에 있다고 한다.

드러누운 나는 가슴 위에서 탁, 마지막 페이지를 덮었다.

침대에 몸이 가라앉는 듯한, 깊은 한숨을 흘렸다. 만화를 읽는 것에 공포와도 가까웠던 저항감이 맥없이 사라지고, 그저 아쉬운 이야기로의 몰입감에 잠겨 있었다.

아아, 이걸 조금 더 빨리 읽었다면 조금 더 두 분다운, 두 분만의 결혼식을 꾸미는 제안을 할 수 있었을지도 모르는데……. 야나가와 님의 결혼식은 이번 주말, 당연히 결혼식 피로연과 각종 협의는 마쳤다. 이제 와서 변경할 수는 없다.

뒹굴 굴러서 베개를 퍽퍽 때렸다. 아— 저엉말로 분하다. 의견은 꼼꼼하게 들었다고 생각했지만, 손님에게서 직접 얻을 수 있는 정보만이 아니라 역시나 조금 더, 스스로 파고들어서 손님을 알아가려 했어야 했다……!

그런 후회로 바동바동 침대에서 몸부림치는 사이, 오늘의 자그마한 답답함은 머리 한구석의, 안쪽의 안쪽으로 집어넣을 수 있었다. 기왕 넣었으니까 열쇠도 잠가두자.

빨리 만화 감상을 이야기하고 싶어서 근질근질하며 아침 일찍 출근했더니 하나오카는 휴무였다. 주체할 수 없는 마음을 미처 처리하지 못한 나는, 휴식 시간에 화단을 방문했다.

"타케우치 씨, 어제는 고마웠어요. 저기…… 그러고 보니 그 후로, 우리 과장님 뭔가 이상한 말을 하진 않았나요. 얄팍한 속임수라든지……."

"속임수……? 무슨 이야기야? 아니, 딱히. 호조 씨가 역으로 들어가자마자 쿠제 씨도 돌아가 버렸어."

"그런가요."

안도하며 가슴을 쓸어내렸다.

그야 그런가. 마음에 들지 않는 사람을 볼 때마다 일일이 싸움을 걸어서야 지금쯤 변변한 사회인이 되지도 못했을 테지. 저게 제대로 된 것인지는 모르겠지만, 사회인임은 틀림없다. 우리 상사니까.

"그래서 어제 산 그거, 바로 읽었어? 재미있었지?"

"예!"

나는 정신없이 〈마른 우물☆SCOPE〉의 감상을 타케우치 씨와 나누었다. 아름다운 그림, 인상적인 장면, 캐릭터의

언동—— 마음을 움직이는 장면을 서로 언급하고는 함께 끄덕이고, 흥분해서 그만 큰 목소리를 내거나……. 시간을 잊을 정도로 즐거웠다. 하지만 정말로 시간을 잊을 수는 없었다.

"슬슬 돌아가야……. 이것저것 들어줘서 고마워요. 엄청 즐거웠어요."

"나도 즐거웠어. 좀 더 이야기하고 싶었어."

"저도 그래요! 아~ 업무 중이 아니라면. 휴식 시간 부족해!"

양쪽 주먹을 쥐고서 발을 구르는 내게, 타케우치 씨가 툭 말했다.

"그럼, 일 없는 날에 이야기할래?"

"헤?"

무심코 눈을 깜박거렸다.

"싸고 맛있는 중국집이 아니라, 조금은 더 화려한 가게로 데려가 줄 테니까. 밥이라도 먹으면서 이야기하자."

"어……."

그런 거. 마치 데이트 같아.

아— 놀랐다. 이상하게 권유하지 말라고요, 심장이 멈추는 줄 알았잖아요. 착각으로 심장마비라니, 장난이 아니라

"싫어? 나랑, 데이트?"

——이번에야말로 심장이 멈추는 줄 알았다.

"데……? 어……? 저, 저랑……?"

"어— 미안해, 싫겠지, 지금 그건 잊어줘."

당황한 듯 어색하게 손바닥을 이쪽으로 향하는 타케우치 씨. 상황을 미처 받아들이지는 못했지만, 이것만큼은 말해야 한다는 건 알 수 있었다.

"시! 싫지, 않아, 요……."

눈썹을 올리고 한순간 정지한 타케우치 씨는,

"……다행이야."

그렇게 안도한 듯 뺨이 풀어졌다.

"…………."

멈추려던 심장이 두근두근 뜨거운 혈액이 흘러들고, 고동은 빠르고 강해졌다.

머리가 따라가지 못했다. 이거 뭐야, 이거 뭐야. 어떻게 된 거야. 나, 어떻게 하면 되는 거야?

"그럼……일단, 연락처 교환?"

"어? 아, 예……."

타케우치 씨가 휴대전화를 꺼낸 것을 보고 나도 퍼뜩 주머니를 뒤졌다.

손가락이 떨렸다. 무릎도…… 힘이, 들어가지 않는다.

"무슨 일이야, 멍~해서."

레이코 씨의 말에 퍼뜩 눈을 떴다.

아니, 딱히 눈을 감고 있던 것은 아니지만, 내 눈은 현실을 보고 있지 않았다. 허둥지둥 초점을 꿈의 세계에서 현실로 전환했다.

"생각을, 좀……."

아까 그건 정말로 현실이었을까, 그런 생각도 들었다. 아까도 나는 눈을 뜨고 있었다는 건 생각뿐이고, 형편 좋은 꿈을 꾼 것은 아닐까.

그렇게 의심하기 시작한 참에, 주머니 안에서 진동이 울렸다. 몸을 들썩여 의자에서 1센티미터 떠올랐다. 무언가 꺼림칙한 일도 아닌데 책상 아래로 몰래 스마트폰 화면을 확인했더니 메시지가 하나. 타케우치 씨였다.

"얼굴 빨갛다고? 괜찮아?"

"괘! ……괜찮아, 요."

레이코 씨는 의아하다는 듯 한쪽 눈을 가늘게 떴다.

"정말일까~. 카스미, 여름쯤부터 아무래도 정서불안 같을 때가 가—끔씩 있는 것 같은데."

"그, 그런 건⋯⋯."

——텅! 하고 갑자기 울린 소리에 가로막혀 레이코 씨도 나도 놀라서 돌아봤다.

"과⋯⋯ 과장님, 괜찮아요⋯⋯?"

쭈뼛쭈뼛 묻는 코야노 치프의 목소리. 입구 쪽에서 과장이 힘겹게 고개를 숙이고 자기 왼쪽 어깨를 붙잡고 있었다.

"⋯⋯⋯⋯⋯아무것도 아냐."

쌀쌀맞게 대답하더니 과장은 자기 자리에 앉았다. ⋯⋯ 아무래도 사무실 문을 지나가다가 출입구와 자기 어깨 폭을 잘못 재어서 있는 힘껏 부딪혀버렸나 보다. 책상에 앉은 지금도 아픈 듯 고개를 숙이고 있었다.

"의, 의외야⋯⋯."

툭하니, 하지만 제대로 낮춘 목소리로 레이코 씨가 중얼거렸다.

"과장도 정서불안일까"라며 중얼거리고 서류를 끄적끄적, 자기 업무로 돌아가는 레이코 씨.

저 사람의 정서는 항상 불안하다고 할까, 잘못된 부분에서 안정되어 있다고 할까……. 하지만 확실히 의외였다. 평소에는 다리를 걸어도 넘어질 것 같지 않은 사람인데.

무슨 일일까—— 생각하다가 한순간 어제의 그 얼굴이 떠오르고 황급히 뿌리쳤다.

저 사람이 저런 말 정도로…… 상처를 입거나, 그럴 리가 없다. 내 말 하나로 침울해한다니…….

고개를 붕붕 내젓고 책상 아래로 타케우치 씨의 메시지를 확인했다. '아까는 조금 억지스러웠을지도. 미안해. 기분 나쁘진 않았을까'라는, 짧지만 나를 배려해주는 내용.

나도 짧게, 하지만 재빨리 부정하는 말을 보냈다. 기분이 나쁘다니, 그럴 리가 없다. 남자한테 이런 식으로 배려를 받는 것은 처음이라 간지럽기는 하지만, 이게 기쁘지 않다면 거짓말이다.

그렇다고 할까, 솔직히 엄청 들떠 있다.

그게 말이지, 태어나서 처음으로 데이트 신청을 받은 것이다. 내 안에서는 도시 전설이었던 '데이트'. 이제까지 계속 추녀 이상도 이하도 아니었던 내가, 처음으로 여성이라는 카테고리에 들어간 것 같은 느낌이었다.

이성이 (누군가처럼 일그러지지 않은) 호의 같은 것을 드러내는데 신바람이 나지 않을 만큼 남녀 사이에 익숙한 인간이 아닌 것이다, 나는.

그렇다. 솔직히 당장에라도 춤을 추고 싶은 기분이었다. 태어나서 처음으로 느끼는 고양감. 눈에 비치는 모든 것이 반짝반짝 빛나 보였다.

그러고 보니 바깥쪽의 살롱과는 무척 다르게 살풍경한 이 사무실도 오늘은 무척 예쁘고, 익숙한 예배당도 연회장도 모든 것이 평소보다 예쁘다. 세계가 아름답게 보인다.

미팅으로 오신 신랑 신부도 전날 만났을 때보다 화사하게 보이고, 방 정리나 청소 담당 아주머니들도 어른의 색을 풍기는 미녀로 보인다. 아아, 모든 것이 아름답다. 머릿속에서는 웨딩 BGM의 샘플 모음 CD가 계속 재생되고 있다.

시종일관 둥실둥실한 기분으로 마지막 손님을 배웅하고, 사람이 없어진 브라이덜 살롱의 테이블을 모두 닦았을 때.

자, 돌아가자. 그런 생각으로 몸을 돌렸더니 조금 떨어진 곳에 과장이 서 있었다. 무의식적으로 콧노래를 흥얼거렸던 것 같기도 했다. 듣고 있었다면 부끄럽다.

"무척 기분 좋아 보이네요."

"아뇨, 딱히 그런 건……."

흥얼거리던 거, 들렸구나.

부끄럽기는 하지만 지금은 행복한 기분이니까 신경 쓰지 않기로 하자.

"…………저기, 무슨 일인가요?"

빤히 이쪽을 계속 응시하며 미동도 하지 않는 과장. 참다 못한 내 쪽에서 물어보자 과장은 입가에 주먹을 대고 어려운 문제에 도전하는 것 같은 표정을 지었다.

"저는, 뭔가 했나요?"

"예?"

"뭔가…… 카스미 씨가 싫어할 법한 일을, 저는 했나요?"

싫어할 법한 일밖에 안 했다.

"진심으로 하는 말인가요……?"

뭐라 대답해야 할지 당혹스러워하는 사이, 불쑥 거리를 좁힌 과장은 갑자기 나한테 따지는 듯한 눈빛으로 내려다봤다.

"……짜증 나네요."

어, 그거 내가 할 말…….

"제 눈앞에서 비웃듯이 다른 남자와 돌아가다니, 무슨

생각인 거예요?"

"딱히, 비웃을 생각은……."

"자신의 추함에 으스대며 마성의 추녀인 척하다니, 상스러워."

너무나도 부조리한 주장에 입만 뻐끔뻐끔했더니, 과장의 오른손이 쓱 뻗어서 내 앞머리를 건드렸다. 분노와 수치심이 뒤섞여서 몸이 확 뜨거워졌다.

"머리—— 자른 게, 아니……군요."

그리고 이번에는 갑자기 뭐? 전에도 그러던데 머리 잘랐냐, 머리 잘랐냐니 무슨 타○리*냐고. 정말로 이 사람, 영문을 모르겠네!

"처음 만났을 때는, 이렇게나 완벽한 추녀는 없다고 생각했는데……. 지금은 가끔, 제가 잘못 본 게 아닌가 싶어요."

허? 칭찬하는 것처럼 일방적으로 계속 못생겼다며 연호하더니, 끝내는 제멋대로 이런 소리…………. 그러니까, 정말로, 뭐냐고. 뭐, 냐고, 이 사람!

"이제…… 제발 좀 그만해요! 당신의 그런 무신경한 태도가 정말 싫어요!"

---

* 일본 코미디언 타모리의 대표 프로그램 '웃어도 좋다고'에서 게스트에게 항상 하는 첫 인사가 "머리 잘랐어?"였다.

또── 그런 표정을 지어봐야 이제 나도 한계라고요!

"과장님한테 그럴 말을 들을 이유는 없어요! 제가 누구랑 뭘 하든, 과장님과는 관계없잖아요. 과장님은 그냥 직장 상사, 저는 그냥 직장 부하예요, 사적인 것까지 참견하지 말아요! 저도 과장님이 싫지만 개인적인 감정은 버리고 일하니까, 과장님도 일 말고는 저한테 신경 쓰지 마세요!"

쌓이고 쌓인 울분이 폭발해서 단숨에 떠들어대고 씩씩 어깨를 위아래로 들썩였다. 숨을 가다듬고 머뭇머뭇 고개를 들자── 과장은 이미 예의, 얼음처럼 차가운 가면을 쓰고 있었다.

"──그럼, 일 이야기를. 야나가와 님 타즈 님의 결혼식은 모레, 내일은 전날 미팅도 있으니까 마음 다잡고, 딴 길로 새지 말고 돌아가도록."

"……알겠어요. 말씀 안 하셔도 제대로 할 테니까 걱정 마세요."

과장은 말없이 발길을 돌리고 살롱을 뒤로했다.

……어째선지 조금, 입 안이 썼다.

안쪽의 안쪽으로 가두어놓고 열쇠까지 잠가두었는데. 또 답답한 심정이 머리를 뒤덮었다.

탈의실 안, 무어라 형용할 수 없는 무거운 심정을 품으며 옷을 갈아입는데 타케우치 씨한테서 또 메시지가 왔다.

'수고했어'라는 말에 곁들여진, 타케우치 씨가 만들었는지 꽃을 크리스마스트리로 비유한 트라이 앵귤러 꽃꽂이 사진. 그것을 보고 거칠어진 마음이 스르륵 누그러졌다.

나한테도 이렇게 제대로 된 여자로 취급해주는 사람이 있다는 사실에 진심으로 구원받았다.

그렇다. 저런 사람 때문에 침울해하거나 답답해하는 건 시간 낭비다. 자물쇠를 채우고, 인생 첫 애인이 생길지도 모른다는 기적적인 현실에 마음껏 취하자.

그렇게 기분을 전환하다 또다시 예의 감미로운 감각이 돌아왔다.

역시 세계는 아름답다.

돌아가는 길의 보행자 통로는 유리로 만든 복도로 보이고, 그곳에 방류된 치어처럼 관공서 건물에서 밀려드는 퇴근길 공무원도 장년의 미남으로 보이고, 새해에 개업을 앞둔 새로운 사이타마 적십자 병원에 드나드는 관계자들은

B의 전장

눈부셔서 직시할 수가 없다.

세계는 이렇게나 빛나고 있다. 느티나무 광장의 크리스마스 일루미네이션도 빛나고 있다. 이벤트 공간에 설치된 크리스마스 마켓 노점에서 시야에 들어온 뻐꾸기시계 장식이 너무나도 귀여워서, 그만 사버렸다. 이거 틀림없이 안 쓰겠지. 집에 트리도 없고. 하지만 괜찮다.

"으흐, 으흐흐흐흐."

입에서 기분 나쁜 목소리가 새어 나왔다. 못생긴 게 이상한 목소리를 내며 웃고 있는 것이다. 주변을 걷는 사람들이 굉장한 눈으로 쳐다봤지만 그런 거 전혀 신경 쓰이지 않는다. 오히려 말을 걸고 싶을 정도다. 사이타마는 아름답네요, 베네치아 같네요. 바다는 없지만.

느티나무 광장에 드문드문 설치된 사각형 한가운데 반구체 조명이 파묻혀 있고, 네 변에 등받이 없는 모양의 벤치에 앉았다. 타케우치 씨한테 메시지 답변을 보냈다. 집으로 돌아갈 때까지 도저히 기다릴 수가 없었다.

송신을 누르고 역을 향해서 걷는데, 또 답이 왔다. 역 플랫폼에서 전철을 기다리며 답변, 차 안에서 또 대답을 수신, 내린 역에서 또 답신…….

마지막으로 집에 도착했다는 내용을 넣어서 답변을 보내자 전화가 울렸다. 메시지가 아니라 전화였다.

"이제는 말로 하는 게 빠르겠구나 싶어서."

"저도, 그렇게 생각했어요."

전화 너머로 둘이서 함께 웃었다.

이건 뭘까.

이건 마치, 애인 사이 같지 않을까.

그런 걸까. 우리, 사귀고 있는 걸까.

간지럽다. 오싹오싹하다. 침대에 눕자 구름 위에 누워 있는 듯한 부유감에 감싸였다.

그 후로 결국, 배터리가 떨어질 때까지 별것 아닌 대화를 나누었다.

처음으로 배터리 잔량 경고음이 났을 때는 황급히 서로 휴일을 맞추고, 가까운 시일 안으로 휴일이 맞지 않는다는 것을 알고, 그럼 데이트는 무척 나중에 해야 할까, 그렇게 생각했지만, 둘 다 기다릴 수가 없어서 내일 일 마치고——그러니까 오늘——가볍게 밥 먹고 돌아가자, 그런 약속을 잡았다.

오늘 나를 방문하실 예정인 손님은 야나가와 님 타즈 님 뿐. 전날 미팅은 가벼운 확인과 결혼 절차를 도와줄 사람의 소개 정도니까 그렇게 오래 걸리진 않는다. 오늘도 거의 정시에 마칠 수 있을 터. 옷을 갈아입고 화장을 고칠 시간을 포함해도, 사이타마 신도심역 쪽의 쇼핑몰, 코쿤 시티에서 오후 일곱 시에 만나는 건 충분히 여유가 있다.

드디어 오늘 밤, 첫 데이트. 인생 첫, 태어나서 처음인 데이트. 어제부터 계속 설레어서 발이 땅에 닿지를 않았다.

내가 이렇게나 까불고 있었으니까. 추녀가 분수도 모르고 들떴으니까, 이후의 일은 하늘에서 내린 벌이었을지도 모른다.

오후 세 시, 둥실둥실 신이 나서는 미팅에 나섰다. 이것이 끝나면 타케우치 씨와 데이트다. 머릿속은 그 사실로 가득했다.

"야나가와 님, 타즈 님, 기다리고 있었습니다. 드디어 내일이네요."

"예. 내일 잘 부탁드려요."

브라이덜 살롱의 상담 테이블에서 정중하게 머리를 숙인 사람은 신랑 야나가와 님. 저 멋진 만화를 그리신 분이다. 어쩐지 후광이 비쳐 보였다.

"계속 기대했는데, 막상 전날이 되니까 벌써 긴장이 되어서."

조마조마, 손을 마주 비비며 신부 타즈 키요미 님이 말하자 그 옆자리, 발밑에 커다란 짐을 놓은 남성이 호쾌하게 웃었다.

"이것 참, 결혼식이라면 회원제가 당연하다느니 멋진 피로연이 어쩌니 귀찮다고!"

"정말이지, 아버지도 참. 하코다테에서는 그럴지도 모르겠지만 이쪽에서 결혼식을 올리는 거고, 타케 씨네 본가는 도쿄니까 이쪽 관습으로 하겠다고 그랬잖아."

이번에는 옆에 여행 가방을 둔 여성이 짓궂게 웃었다.

"저런 소릴 하지만, 아버지 엄청 기대하고 있으니까."

"쓸데없는 소리 말라고!"

남성이 얼굴을 붉히자 여성이 웃었다. 나는 주머니에서 명함집을 꺼냈다.

"타즈 님의 부모님이시군요. 저는 담당 플래너 호조라고 합니다."

잘 부탁드립니다, 라며 명함을 건네자 "어, 아니아니 천만에"라고 받아든 아버님은 큰 가방에 그 명함을 집어넣고 대신에 봉투를 꺼냈다.

"인사라고 하긴 그렇지만. 다시마랑 멍게 젓갈. 엄청 맛있다고."

"싫어라, 아버지. 멍게라니, 이 동네 젊은 사람들은 안 먹어."

"아니, 이거 엄청 맛있는데?"

"아뇨, 저도 도호쿠 출신이니까 괜찮아요. 감사합니다."

얕은 바다의 바위밭 등에 들러붙어 있는 멍게는 겉모습 때문에 '바다의 파인애플'이라 불리지만 식물처럼 보여도 동물이라는, 무어라 형용하기 힘든 생물이다. 독특한 향기 때문에 "바다 그 자체를 먹는 것 같다" 같은 평가를 받는 진미. 겉모습은 그로테스크하지만 영양가는 높고, 맛도 의외라 금세 또 찾게 된다.

"?"

뭘까. 아버님께서, 내 얼굴을 빤히 바라보고 있었다.

"아가씨, 멍게랑 닮으셨네."

"잠깐만, 아버지! 여성한테…… 그보다도 사람한테 닮았다느니 그럴 게 아니잖아! 실례야."

"아뇨, 신경 쓰지 마세요……. 아하하……."

……영양가는 높고, 맛도 의외라 금세 또 찾게 된다.

"그건 그렇고, 도쿄는 역시 따듯하네. 어디에도 눈도 안 남아 있고."

"여긴 사이타마이지 도쿄가 아니에요."

뭐, 내 고향에서도 사이타마나 지바의 친척들은 다들 '도쿄 아저씨'라고 불렸으니까(가나가와는 다들 '요코하마 아저씨'가 된다) 그 기분은 알겠다──.

"내지는 다들 똑같다니까!"

스케일이 달랐다.

"짐을 잔뜩 가지고 계신데, 지금 막 도착하셨나요? 먼 곳에서 힘드셨겠어요."

"그렇지. 비행기 타고 왔으니까. 바로 저기 오미야? 라는 거기, 홋카이도 신칸센 서나?"

"예. 오미야는 통과 열차 없이 모든 신칸센이 정차하는 역이에요."

홋카이도 신칸센은 2016년 3월에 신아오모리~신하코다 테호쿠토 사이가 막 개업해서, 그때까지 홋카이도에 신칸센은 존재하지 않았다. 개업 전후로는 오미야에서도 개업을 축하하는 이벤트가 몇 번이나 개최되었다.

"신칸센 같은 건 타본 적 없으니까 기왕이면 타보고 싶었는데, 키요미가 마일리즈도 쌓이니까 비행기 쪽이 싸다고 그래서."

"그런가요? 여기서 하네다라면 환승도 큰일이네요. 하지만 돌아가시는 길에 여기저기 관광하시는 건 괜찮겠다고 생각해요."

"그게, 낚시를 너무 쉴 수도 없으니까 친척이랑 같이 다음 날 아침 편으로 바로 돌아가시거든요. 저도 기왕이면 여기저기 안내해드리고 싶었는데."

아쉽다는 듯 키요미 님이 말하자 부모님은 "됐다됐다"라며 얼굴 앞으로 손을 내저었다.

"효심 깊은 아가씨네요."

그러자 아버님은 부끄러움을 감추려는 듯이 과장되게 가방을 들어서 무릎 위에 턱 놓았다.

"그럼, 짐은 방에 놔두고 올까!"

"방이라면…… 이곳에 묵으시나요? 방을 잡으셨군요. 브라이덜 손님은 숙박 요금이 할인이니까 사전에 연락을 주셨다면………… 저기? 왜 그러시나요?"

내가 말하면 말할수록, 공기 안에 검은 액체가 가라앉는 기분이었다. 무척 불길하고 불온한 기척. 그 자리에 있는 모두의 시선이 의아하다는 듯이 내게 향하고 있었다. 뭔가, 이상한 소리를 했을까……?

"호조 씨…… 숙박 예약, 부탁드렸죠? 저희 부모님이 전날부터 2박, 내일은 친척이 일본식 방 두 개에서 1박, 대학생시절 동아리 친구들 열세 명."

"예? 저는 못 들었습니다만……."

"아니, 저는 분명히 전화했다고요? 그러니까…… 시오미씨라는 여성이, 호조 씨한테 전해두겠다고."

"——어……?"

설마? 머릿속에 창백한 공동이 넓어지는 것을 느끼며, 두꺼운 고객 파일을 테이블 위에 내려놓고 안을 벗겨낼 기세로 넘겼다.

"————있, 다……."

자신의 실수를 이해하는 것과 동시에, 뱃속이 확 차가워졌다. 차가운 상태로 찌릿찌릿 조여들어, 안에 있는 것을 쏟아낼 뻔했다.

고객 파일 중간 정도에 붙어 있던, 메모지 한 장. 레이코 씨의 글자로 확실하게 '타즈 님 12월 2일(금)~ 2박 더블 하나. 12월 3일(토) 1박 일본식 방 6명×2 더블×6 싱글×1'이라고 적혀 있었다.

그렇다. 이 메모를 레이코 씨한테 받았다. 구두로도 제대로 전달해 주었는데, 확실히 그때는 과장한테 이상한 고백을 받은 뒤라서 건성이라………… 아니, 그런 말은 핑계도 되지 않는다.

──내가 실수했구나.

"죄, 죄송합니다! 조금만 기다려주세요!"

브라이덜 살롱에 손님들을 남겨놓고 1층 숙박 프런트로 달려갔다.

심장이 불길할 정도로 큰 소리를 냈다. 이런 몇 초 사이에 무언가 달라질 것도 없는데, 등을 따라오는 검은 그림자에서 도망치듯이 필사적으로 달렸다. 춥다. 이렇게 난방이 돌아가는 실내에서 달리며 점점 체온을 잃고 있었다.

프런트가 시야에 들어오자 초조함은 피크에 다다랐다.

놀라는 프런트 직원을 물고 늘어질 기세로 공실 상황을 문의했다.

결과는, 그저 최악이라 할 수밖에 없었다.

부모님의 오늘 1박만큼은 잡을 수 있었지만, 내일 토요일은 싱글 하나조차 비어 있지 않다── 120실 전부 차 있었다. 전체 만실이었다.

결혼식 당일인 내일, 누구 하나 묵을 수가 없다.

"······──죄송합니다!"

"죄송합니다."

브라이덜 살롱에서 나와 함께 상사인 쿠제 과장도 머리를 숙였다.

"세상에······ 잊어버렸다니."

"아내 친척은 물론, 우리 학창 시절의 친구들은 홋카이도 이외에도 각지에서 모여준다고요. 멀리서 오는 초대 손님이 많으니까 숙박할 수 있는 호텔 웨딩을 골랐다고요?"

"이것 참, 저질러주셨네! 친척들은 다들 영감, 할멈이라고. 아무리 내지는 따뜻하다고 해도 노인네들을 길바닥에서 재울 셈인가?"

나는 더더욱 머리를 푹 숙였다. 무릎에 이마가 닿을 것 같았다. 그 무릎도 떨리고 있었다.

"정말로………… 죄송, 합니다……."

죄송합니다. 죄송해요. 미안해요. 어떤 말로도 충분하지 않다.

평생에 한 번인, 두 번 다시 없는 날. 신랑 신부는 물론 가족이나 축하하러 와주시는 손님 여러분 한 분 한 분께서 기뻐하실 멋진 날이 될 터였는데. 내 탓에 허사가 되었다. 뭐가 웨딩 플래너야. 뭐가 마법사야. 마법으로 객실이 늘어난다면 좋을 텐데.

한심스럽고 너무나도 죄송스러워서, 가슴이 무너져 내린다. 침몰하는 배가 심해의 수압에 우둑우둑 으스러지는 것 같았다. 좀 더, 지금 이 기분을 제대로 표현할 말이 있다면 좋을 텐데. 이런 말로는 부족하다. 도저히 제대로 사죄할 수가 없다. 하지만 나는 이것 말고는 사죄의 말을 모른다.

"정말…… 죄송, 합니다……!"

목소리가 떨렸다. 코가 찡하게 아프다. 눈두덩이가 뜨겁다. 그럼에도 되풀이했다. 그것밖에 할 수가 없으니까, 망가진 녹음기처럼, 노이즈 가득인 같은 말을 몇 번이고 계속 반복했다. 라벤더블루 카펫에는 뚝뚝 눈물이 떨어져서 진한 얼굴을 만들었다.

"……죄송, 합……."

또 몇 번인가 같은 말을 하는 도중에, 과장이 내 팔을 확 잡았다.

"죄송합니다, 잠시 실례하겠습니다."

"과장님……?"

꾹꾹 잡아끌더니 살롱 구석의 탕비실로 밀어 넣었다. 상담 중에 내드리는 홍차나 다과 선반, 커피메이커가 늘어선 작은 방 안쪽에서 과장이 손을 뒤로 돌려 문을 닫았다.

"과장님…… 정말, 죄송합니다, 저, 터무니없는 실수를……!"

무너진 듯 울음을 터뜨리는 내 앞에서 과장은 손수건을 꺼냈다.

"호조 씨."

살며시 손을 뻗고, 파란 손수건이 내 뺨에 닿아서 눈물을 빨아들였다.

"과장님…… 웃, 저, 저…… 죄송, 해……."

"호조 씨."

울음을 터뜨리고 만 나를 달래려고 단둘이 있는 곳으로 왔을 테지. 하지만 내 눈물샘은 이미 제어를 잃어버렸다.

"죄송해요…… 힉, 히끅……."

"──카스미 씨."

눈물을 계속 닦으며 과장은 얼굴을 가져다 댔다. 아득히 먼 곳까지 꿰뚫어 보는 듯한 맑은 눈동자가 내 눈을 똑바로 바라봤다.

흐느끼는 내게 과장은 말했다.

"추녀의 눈물이, 무기가 될 거라는 생각이라도 하는 겁니까?"

무심코 뚝 오열을 그치고 과장의 얼굴을 빤히 올려다봤다.

"보통, 추녀가 울어봐야 더러울 뿐이라고요!"

……지당하네요. 정말로 말씀하시는 그대로지만, 안 그래도 사라져버리고 싶다는 심경인 지금의 내게 그렇게까지 말한다면, 더더욱 죽고 싶어지는데요.

"모두가 나처럼 의식이 높은 건 아니에요. 평범한 인간이라면, 추녀가 울어봐야 불쾌할 뿐이라고요. 당신은 뭘 하고 싶은 건가요? 손님을 더더욱 불쾌하게 만들고 싶나요?"

"그, 그럴 생각은……."

"사죄도 그래요. 아무리 말을 다 해서 사죄해봐야 무언가 상황이 변하나요? 그들은 당신의 듣기도 괴로운 '죄송해요'를 수도 없이 듣고 싶은 거라 생각하나요? 그럴 리가 없겠죠. 하물며 추녀가 우는 그 더러운 얼굴을 보고 싶다니, 요만큼도 생각하지 않을 거예요."

"하, 하지만 저한테는 이미, 사죄하는 것 정도밖에……."

"그러니까 추녀가 울면서 사죄해도 꼴사나울 뿐이라고 하는 거잖아요!"

과장의 노성이 탕비실 안에 울려 퍼졌다.

그 목소리가 살롱까지 새어 나왔는지 밖에서 기겁하는 분위기가 전해졌다. "거기, 과장, 여자한테 그런 말까지 할 필요야……"라고 달래러 들어오려는 어머님의 목소리까지 들렸다.

그런 목소리가 귀에 안 들어오는지 과장은 계속했다.

"당신은 그래도 내가 기대한 추녀인가요? 끝나버린 일이라면 모를까, 결혼식은 내일이라고요. 그렇다면 할 수 있는 일은 아직 있겠죠. 추녀라면 추녀답게, 좀 더 발버둥 치는 게 어떤가요?"

"그런 말을 해도, 이미 어떤 방법도……."

깊이 한숨을 내쉬고, 과장은 말했다.

"카스미 씨, 모르나요? ————바퀴벌레는, 목이 잘려도 몇 주는 살아있다고요!"

————어, 기분 나빠.

말을 잃은 나를 향해서 과장은 더더욱 계속 말했다.

"그들은 그야말로 죽어도 포기하지 않는 거예요! 당신도 추녀 나부랭이라면, 죽지도 않았는데 포기하지 말아요! 긍지 높은 추녀라면, 훌쩍훌쩍 울고 있지만 말고 부조리할 정도로 끈질긴 모습을 보여 달라고요!"

……………추녀추녀추녀추녀 시끄럽다고.

평소라면 그런, 분노의 불길을 태웠을 테지. 하지만 지금은 그 불씨가, 정지한 나의 내장 기관을 움직이려 하고 있었다.

확실히 과장의 말은 일리 있다. 내가 어떠한 말로 사과하더라도, 누구에게도 아무런 이득이 없다. 상황은 무엇 하나 개선되지 않는다.

결혼식은 아직, 지금부터—— 아직 끝나지 않았어!

"야나가와 님, 타즈 님!"

벌컥! 기세 좋게 탕비실 문을 열고 튀어 나갔다.

"어떻게든 숙박 장소를 수배하도록 최선을 다할 터이니, 죄송하지만 일단 실례를 좀 할 수 있을까요? 질책은 나중에 얼마든지 받겠습니다."

"어떻게든…… 어떻게든 할 수 있겠나?"

아버님의 물음에 과장이 대답했다.

"그럴 생각으로, 사력을 다하겠습니다. 그러니까 조금 더 저희에게 시간을 주실 수 있겠습니까? 다시금 따로 사죄를 드릴 터이니, 부디 지금은 그녀를 믿고, 우선 수배한 방에서 쉬시면서 기다려주시지 않겠습니까?"

타즈 님의 아버님은 나와 과장의 눈을 빤히 교대로 바라보고, "알겠네"라고 끄덕였다.

과장이 "방으로 안내하겠습니다"라고 신랑 신부님 가족을 안내하여 살롱을 나간 뒤, 나는 서둘러 사무실로 돌아가서 바로 수화기를 들었다.

어쨌든 숙박 장소를 수배해야 한다. 근처 호텔에 잡히는 대로 전화를 걸었다.

"예, 예, 어떻게든 안 될까요? 방 하나라도 괜찮아요, 부

B의 전장

탁드려요! ……………알겠습니다. 캔슬이 나오면 연락 주
세요."

탄식할 틈조차 없다. 수화기를 어깨로 받쳐 든 채 손가락
을 눌러 전화를 끊고, 또 다른 호텔 번호를 눌렀다. 벨 소리
를 기다리는 동안, 레이코 씨가 복사 용지 다발을 내 책상
에 놓았다.

"주변의 숙박 시설 리스트를 뽑았어. 나눠서 알아보자."

"레이코 씨……."

"조금은 내 탓도 있으니까. 다시 생각해보면 그날 카스미
상태가 나쁜 것 같았는데도, 내가 미처 신경을 못 썼어."

수화기를 든 채, 도리도리 고개를 가로저었다. 아니다. 레
이코 씨는 아무 잘못도 없다. 완전히 내 실수인데. 제대로
느슨해진 눈물샘에 또 뜨거운 것이 확 지나갔다.

"레이코 씨, 저한테도 리스트 나눠주세요!"

하나오카가 손을 뻗었다.

"저도, 카스미 선배님을 위해서라면 뭐든 하겠어요. 선배
님은, 제가 동경하는 플래너니까요."

하나오카…….

"좋―아, 손이 비는 녀석은 돕자고! 몇 명은 전화가 아니

라 인터넷으로 알아보는 편이 좋겠어. 나는 숙박부 쪽에 연 줄 있는 녀석이 있으니까 물어보고 오지."

코야노 치프…… 다들——.

고마워. 정말 고마워. 고맙습니다. 감사의 말은, 사죄의 말 이상으로 부족하다. 미처 다할 수가 없다.

죽어도 발버둥 치는 것이다—— 그 말 그대로 필사적으로 계속 전화를 걸었지만, 공실은 전혀 찾을 수가 없었다.

"이쪽 리스트 끝났어—, 전멸."

"이쪽도."

"인터넷도 전부 '만실'이에요!"

"안 되겠네. 모레까지 아레나에서 테니스 국제대회가 열 리니까, 전 세계에서 모인 스타 선수랑 스태프, 팬으로 이 주변은 어디든 만실. 우리도 그걸로 꽉 찼네……."

"오미야도 큰 이벤트가 있어서, 전멸했어요."

"우라와는? 조금 떨어져 있지만."

"우라와도 지금 걸어보고 있는데, 현재로서는 힘들어."

불안이 실내에 자욱했다.

부탁이야. 부탁이야. 하나라도 되니까, 제발——!

B의 전장

……달칵, 수화기를 내려놓는 마지막 소리가 공허하게 사무실에 울렸다. 상황을 마무리하듯, 돌아온 코야노 치프가 고개를 가로저었다. 절망의 한숨이 사무실 안에 가득했다.

어디에도 빈방이 없다. 세상에……. 어떻게든 해야 해, 어떻게든……!

"어쩌지, 카스미?"

"선배님……."

어쩌지? 나도 묻고 싶다. 하지만 어떻게든 해야만 하는 것은 바로 나다.

어쩌면 좋을까, 어쩌면……. 아무것도 떠오르지 않는다. 생각하려고 하면 할수록, 머리가 하얗게 물들어버리는 것 같다──안 돼, 또 패닉에 빠졌다.

"……저, 잠깐 나갔다 올게요!"

파일을 품에 들고서 튀어 나갔지만 아무런 방도도 없었다. 하지만 사무실에서 할 수 있는 일은 아마도 이제 없다. 남은 건 이제── 발로 뛰는 영업처럼, 밖을 샅샅이 찾아보자. 어쩌면 인터넷에도 전화부에도 실려 있지 않은, 알려지지 않은 민박 같은 곳이 이 부근에 숨어 있을지도 모른다. 제발 숨어 있어 주세요!

어쨌든 멈춰 서서는 안 된다. 죽어도 발버둥 치는 거야!

흐린 날씨 탓에 어제 심야에 뿌린 비가 미처 마르지 않아 곳곳에 짙은 회색 얼룩이 남은 보행자 통로.

오가는 사람들은 다들 몸을 움츠리고 코트 위에서 팔을 문지르거나 하고 있지만, 나는 추위를 느끼지 않았다. 그저 바쁘게 고개를 움직이고, 모르는 시대의 모르는 거리에 갑자기 타임슬립한 인간처럼 주위를 둘러보며 정처 없이 뛰어다녔다.

오미야도, 우라와도 안 된다면…… 차라리 카와고에까지 내려가면…… 아니면 도쿄 안? 어쨌든 사이쿄선이야! 가능하다면 좀 더 가까운 곳에서 찾고 싶지만…….

기도하는 심정으로, 익숙한 기타요노역 방면으로 향했다.

니시대로 위를 가로지른 참에 문득 시야에 선명한 메탈릭 그린이 날아들었다. 시선을 들자 전방을 완만한 커브로 가로지르는 사이쿄선의 고가철로, 그와 나란히 달리는 노선을 신품처럼 빛내는 롱노즈 신칸센이 지나갔다.

저건 토호쿠 신칸센 '하야부사'── 아니, 차체 측면에 띠 같은 라인이 익숙한 핑크색이 아니라 보라색이니까, 봄부터

B의 전장

새로이 달리고 있는 홋카이도 신칸센이다. 항상 출퇴근 중에 보던 광경에 틀린 그림 찾기처럼 미묘하게 한 부분만 다른 물건이 들어왔으니까 이따금 저건, 하고 생각할 때가 있었다. 조만간에 익숙해지겠지만.

"──앗······!"

그 순간, 신칸센과 같은 속도로 번뜩이는 것이 머릿속을 지나갔다.

그 자리에 주저앉아서는 파일을 기세 좋게 넘겼다. 초대장 인덱스가 끼워진 클리어 포켓에서 받는 사람의 이름 필사를 의뢰한 리스트를 뽑아 들었다.

할 수 있다······! 눈을 움직이며 스마트폰을 꺼내고 쿠제 과장에게 전화를 걸었다.

"······호조예요, 예, 저기, 신칸센이에요! 타즈 님의 친척과 부모님, 내일 숙박하시지 않고 오미야에서 신칸센으로 돌아가시는 건 어떨까요? 관광 예정도 없이, 그다음 날 아침 비행기로 서둘러서 돌아가신다고 그러셨고, 아버님도 가능하다면 홋카이도 신칸센을 타보고 싶다며 말씀하셨어요. 친척분들 거처도 다들 하코다테나 호쿠토 시내에 집중되어 있어요. 신하코다테호쿠토역에서 택시, 아니면 하코다테 라이

너로 돌아가실 수 있을 거예요!"

'——그런가. 알았다, 타즈 님께 양해를 구하도록 교섭하지.'

"부탁드려요!"

……어떻게든 돌파구를 찾았을지도 모른다. 신칸센 좌석을 구할 수 있을지도 문제이지만—— 스마트폰 브라우저로 공석 상황을 체크할 수 있는지 검색하려는 참에 바로 과장에게서 전화가 왔다.

"타즈 님께서 납득해 주셨다. 좌석은 괜찮아, 그란클래스라면 한꺼번에 확보할 수 있어."

나도 모르게 환호성이 입에서 나왔다.

"다행이다…… 다행이다! 감사합니다! ……하지만 그란클래스라면, 그린차보다 위의, 비행기로 말하면 퍼스트클래스죠? 그거, 돈이 엄청 들어가는 게……."

지금 검색해서 찾아본 요금표로는, 보통 지정석보다 만오천 엔 가까이 비쌌다. 그것이 열두 자리…… 아니, 부모님을 포함하면 열네 자리. 애당초 그 승차권의 요금도 있으니까…….

"그걸 조정하는 건 내 일이다. 너는 쓸데없는 생각은 말고, 친구분들의 객실이나 어떻게든 해."

B의 전장

"……——예. 감사합니다!"

그렇다. 힘들지만 마음을 다잡아야 해. 아직 친구 열세 명의 문제가 남아 있다.

숙박 예정이었던 친구분들도 대학교 동아리 동료니까 홋카이도 쪽이 많지만, 지금은 그 이외의 지방에 사시는 분도 계신다. 무엇보다도 저녁에 끝나는 피로연 뒤의 2차 자리에도 참석하시니까 심야에 끝이 날지도 모른다. 친척처럼 당일 중으로 돌아가실 수는 없다.

"앞으로, 열세 명……."

통화를 마친 스마트폰을 주머니에 넣고, 사이타마 신도심 방면을 돌아봤다.

이미 어두워지기 시작했다. 날씨가 나쁜 탓에 일몰이 빠른 것처럼 느껴졌다. 어스름하니 차가운 하늘에 어렴풋이 엠블럼의 빛이 스며드는 르미에 신도심 호텔의 전체 모습이 보였다.

옥상에는 유리 예배당의 관. 철골철근 콘크리트 구조, 지상 11층 지하 2층 건물인 르미에 신도심 '호텔'.

우리는 호텔이다. 호텔인데, 손님께서 묵으실 수 없다니…….

시야를 응축해서 찌부러뜨리듯, 눈을 꽉 감았다.

열세 명. 고작 열세 명이다. 우리한테는 125실의 객실이 있는데, 고작 열세 명—— 그들이 묵을 장소가 없다니…….

——눈을 번쩍 떴다.

그렇다. 우리는 호텔이다. 객실은, 125실이다——!

숨을 헐떡이며 브라이덜과 사무실로 돌아온 내게, 레이코 씨가 달려왔다.

"친척분들은 어떻게든 되었다며. 친구분들은 어떻게? 어딘가 찾았어?"

"예, 적어도 방이 다섯 개는 있어요………… 여기에."

"여기라니…… 르미에? 무슨 말이야, 우리 객실은 이미 만실이라고."

필사적으로 숨을 가다듬고, 너무 달려서 피 냄새가 섞인 침을 삼킨 다음에 대답했다.

"브라이즈 룸, 이에요."

아, 하고 레이코 씨가 입을 벌렸다. 주변의 모두도, 그 방법이 있었나! 라며 일어섰다.

아마도 어느 예식장이든 있을 브라이즈 룸—— 그러니까

신부의 방은 신랑 신부의 대기실.

옷을 갈아입고 화장 같은 채비를 하기 위한 방이지만, 우리 르미에 신도심 호텔 브라이덜의 경우, 호텔의 객실을 브라이즈 룸으로 전용하여 쓰고 있다.

무지인 카펫을 브라이덜 살롱과 같은 라벤더블루로, 역시 무지인 벽지를 레이스 무늬와 꽃무늬를 조합한 로맨틱 패턴의 벽지로 바꾸고, 전신 거울이나 화장대, 테이블, 의자 등등 유러피안 테이스트의 도구를 갖추고, 사각 침대 대신에 고양이발 소파를 놓은, 공주님의 방.

인테리어 이외에는 일반 객실과 완전히 같은 구조니까 욕실, 화장실 등 숙박에 필요한 설비는 갖추어져 있다.

그 브라이즈 룸이 우리한테는 다섯 개 있다. 구조로 보자면 객실 125개 중에서 숙박부가 관리하는 객실은 120개. 그리고 다섯 개는 연회부 브라이덜과의 브라이즈 룸이다.

"도구들을 꺼내고 침대를 들이면…… 손님은, 세 사람씩이라도 괜찮고?"

"예, 돌아오는 도중에 휴대전화로 신랑 신부께 확인을 했어요. 다들 동아리 동료니까 방은 같이 써도 문제없다고. 여성 다섯 명, 남성 여덟 명이니까 여성이 3, 2. 남성 3, 3, 2

로, 방 다섯 개로 가능해요!"

"그러면…… 무척 좁겠지만, 어떻게든 묵을 수 있겠어!"

재빨리 내선을 걸고 있던 코야노 치프가 외쳤다. "객실과에서 엑스트라 베드 열세 개, 받았다고!"

와아, 함성이 터졌다.

"다행히 내일 결혼식은 두 건뿐, 게다가 야나가와 님 타즈 님이 뒤에 하니까, 내일 각자 결혼식이 끝나는 대로 서둘러 청소하고 침대를 넣으면, 어떻게든 때를 맞출 수 있어요. 죄송해요. 다른 하나의 담당자분, 다른 여러분께도 부담을 끼치겠지만……."

"새삼스럽게 무슨 말이야, 카스미."

"그래요, 다른 하나는 저니까 맡겨주세요! 신랑 신부께서 돌아가시면 얼른 청소하고 침대 넣을게요."

"다들, 고마워……."

"떠들고 있을 틈 없다고, 내일 쓰지 않는 방 세 개는 오늘 중으로 해둬야지. 지금 바로 착수해!"

"──예!"

내일 쓰지 않는 브라이즈 룸에서 소파 등 큰 가구를 반출, 엑스트라 베드를 넣고 베드 메이크. 다 같이 이것도 아니야, 저것도 아니야 하고 있을 때였다.

"이봐— 너희들, 왜 우리 쪽에 부탁하지 않는 걸까?"

들어온 사람은 숙박부 객실과 캡틴, 미타 씨.

"우리 르미에 신도심에 묵고 가시는 이상, 어떤 사정이든 초보의 적당한 세팅으로 손님을 맞이할 수야 없지. 내 지시에 따르도록 해."

"가…… 감사합니다!"

미타 씨가 비품이랑 어메니티 등, 브라이덜과인 우리로서는 알아차리지 못했을 세세한 부분까지 커버해주어 작업은 순조롭게 진행되었다. 브라이즈 룸이, 사람이 묵는 공간으로 변모했다.

마법으로, 객실이 늘어났다.

나 하나가 아니다. 브라이덜과만도 아니다. 우리 르미에 신도심 호텔의 호텔리어들, 모두가 조금씩 모은 힘이, 손님을 생각하는 마음과 겹치고 모여서 하나의 지팡이가 된다. 그것이 마법을 걸고 있다.

역시 이곳은 마법의 성이다.

남은 객실 둘의 세팅을 빠짐없이 준비하고, 이제는 당일인 내일에 청소 후 배치만 하면 되는 부분까지 마무리했다.

"좋—아, 끝이다, 끝! 어떻게든 됐네. 나머진 내일이다. 아— 피곤해라. 맥주…… 그리고 닭꼬치 먹고 싶네. 단 게 아니라 짭짤한 거."

"좋네요, 치프, 오미야 카시라야 갈래요? 닭꼬치라고 할까, 돼지꼬치인데."

"미소양념이라는 거긴가, 좋네—! 호조가 쏘라고, 겸사겸사 미타 것도."

"아…… 죄송해요, 전 오늘은 좀."

"뭐야, 데이트야? 아, 네 경우에는 그건 아닌가. 하하하."

데이트—— 시계를 보니 약속 시간을 20분 지났다. 소파를 뺄 때 벗은 재킷 주머니에서 스마트폰을 꺼냈다. 타케우치 씨한테서 착신이 있었다.

"정말~ 코아노 치프 또 성희롱—, 그렇다고 보통 부하한테 사라고 그러나요? 카스미 선배님, 안 가도 돼요~."

"어째서야? 오늘 흐름을 보면 호조가 사야지—. 뭐, 만에 하나라도 데이트라고 한다면 보내주겠지만."

웃는 코야노 치프에게 나는 대답했다.

"……예. 데이트는 아니니까, 다른 날에 제가 살게요. 오늘은 여러분, 정말 고마웠어요."

빼먹지 말라고—라며 농담처럼 웃는 치프를 다른 사람들이 "정말~" 하고 나무라며 나가는 모습을 보고, 나는 바로 전화를 걸었다.

"——아, 타케우치 씨. 미안해요! 업무상 트러블이 있어서…… 예, 이제 괜찮아요, 일단 어떻게든 했지만…… 아직 좀 더 발버둥 쳐보고 싶어서. 해보고 싶은 게 있거든요. 그러니까, 오늘은………… 예. 정말 미안해요."

전화를 끊고, 곧바로 착수했다.

전날의 꾸물거리던 먹색이 거짓말처럼, 그날 하늘은 구름 한 점 없이 새파랬다.

겨울의 투명한 하늘에 종소리가 하늘 높이 울려 퍼진다. 옥상의 유리 예배당 출구에서, 결혼식을 마친 신랑 신부가 둘이서 끈 하나를 당겨 웨딩 벨을 울린다. 그 여운에 감싸인 스카이가든을 걷는 두 분은, 플라워 샤워 가운데, 맑은 하늘보다도 눈부신 미소를 그리고 있었다.

엄숙한 결혼식과는 달리 연회상에서의 떠들썩하며 온화한 피로연이 끝나자 타즈 님의 부모님과 친척들은 오미야역으로. 오미야는 사이타마 신도심에서 전철로 한 역이지만, 택시로도 기본요금 정도의 거리. 과장이 마이크로버스를 수배해 줬으니까 르미에에서 직접 오미야역 서쪽 출구 로터리까지 바래다 드릴 수 있었다.

신랑 신부가 2차로 향한 뒤, 레이코 씨의 도움을 받아서 바로 브라이즈 룸 청소, 소파를 비롯한 도구 반출 후 침대랑 비품 등의 배치. 다른 한 방은 이미 하나오카 쪽에서 만전으로 정리해주었다.

"그리고 미타 씨한테 점검받으면 끝이네. 어떻게든 끝났구나—, 아— 안심했어."

"예. ……저기, 레이코 씨. 이번에는 정말로, 폐를 끼쳤어요!"

깊이 머리를 숙인 내 어깨를 레이코 씨가 툭 때렸다.

"괜찮다니까. 어제도 말했잖아, 카스미가 불안정해진 걸 알았으면서 내버려둔 나도 잘못이지. 평소라면 절대로 그런 실수는 하지 않는 건 아니까."

"하지만……."

"그러니까 됐어—, 나 그냥 게으른 사람은 싫지만, 사랑의 겁쟁이한테는 관대하니까."

폽―! 마시지도 않을 차를 뿜을 뻔했다.

"사, 사, 사랑의 겁…… 아아니에요!"

눈매가 쓱 가늘어지고, 얼굴을 가져다 대는 레이코 씨.

"내 눈을 속일 수 있을 것 같아? 괜찮잖아, 이때니까 이야기해 봐. 카스미의 사랑 이야기는 처음이잖아?"

"그, 그만하세요."

타케우치 씨 이야기, 꿰뚫어 본 건가……. 역시 레이코 씨. 하지만 아직 데이트도 안 했고, 남한테 이야기할 수 있을 법한 일은 아무것도…….

"싫어라, 카스미. 뭘 꾸물꾸물이야, 부끄러워? 후후, 뭔가 좋네. 아― 나도 사랑하고 싶다. 안달복달 꾸물꾸물 몸부림치며 밤에도 잠들지 못할 법한 마음이 흐트러지는 그 기분, 이미 몇 년이나 없단 말이지~."

"예? 그 부정적인 정신 상태는 뭔가요……? 연애란 건 그런 게 아니라 이렇게, 두근두근 가슴이 술렁이거나 행복감을 느끼는 게……."

타케우치 씨는 오히려 마음에 평온을 주는, 내게는 안정제 같은 사람이다.

"그런 즐겁기만 한 건 연애라고 안 해. 놀이는 되겠시만."

놀이…… 놀이라니, 술래잡기라든지 숨바꼭질이라든지, 아니 그런 게 아니라는 건 알지만, 나한테는 그런 의미로밖에 쓸 기회가 없었던 단어라서…….

"아, 오해하지 말라고? 나는 진심의 연애밖에 안 하니까. 항상 목숨을 걸고. 나 말고 다른 여자와 행복해지기라도 한다면 죽여버리겠어—! 라고 여겨지는 남자하고만 사귀니까."

"죽이지 마시고요……. 저기, 초보가 주제넘은 소리인 것 같지만, 그건 애정이기는 해도 사랑이라고 하진 않는 게……. 자주 그러잖아요, 상대의 행복을 바라는 게 사랑이고, 상대를 원하는 건 애정에 불과하다고."

레이코 씨는 어깨를 으쓱이고 맥없이 말했다.

"그럴지도 모르겠지만, 애정보다 사랑이 위라니, 누가 정한 거야?"

"…………."

어쩐지 깜짝 놀라고 말았다.

실제로 체험한 적도 없는데, 남의 말로 애정이나 사랑의 정의 따위를 이야기해 버려서 부끄럽다.

B의 전장

"사람에 따라 제각각이라고는 생각하지만, 적어도 나는 몸부림칠 것 같은 격정이 있으니까 상대를 특별하다고 여길 수 있는데."

그렇게 말하는 레이코 씨는 어른스럽기도 하고 소녀 같기도 하고……. 애정을 즐기고 사랑에 괴로워한 레이코 씨는 정말로 매력적인 여성이라고 다시금 생각했다.

"그러고 보니 카스미, 연회장 정리 서두르던 모양인데, 아직 무슨 일 있어?"

"아, 예. 이제부터 또 일을 하나……."

그때 잠금장치 풀리는 소리가 나고 문이 열렸다. 들어온 것은 접객과 캡틴 미타 씨였다.

"기다렸지. 실내 체크할게."

미타 씨한테 세팅 OK를 받고, 나는 두 사람한테 인사를 하고 서둘러 연회장으로 향했다.

2차를 마치고 어지간히도 마셨는지 완전히 얼굴이 빨간 신랑 야나가와 님과, 2차용 기장이 짧은 드레스로 갈아입은 신부 키요미 님이 숙박하시는 손님들을 안내하며 돌아오셨다.

"호조 씨, 방 준비는 되었나요?"

"예. 좁아서 죄송합니다만, 전날 전달한 대로 다섯 곳을 준비했습니다."

내가 손에 든 카드키 다발을 보고 안도하는 두 분.

"하지만 그 전에, 지금 한 번 피로연 행사장에 들러주시지 않겠나요? 이번 일의 사죄라고 한다면 그렇지만…… 두 분께 보여드리고 싶은 게 있어서요."

의아한 듯 미간을 찌푸리는 신랑 신부를, 조금 전 피로연에서 이용한 연회장 입구로 안내했다.

중후한 문을 열어젖히자마자 두 분이 감탄의 한숨을 흘렸다.

"와…… 이건——."

신부가 함성을 터뜨렸다. 캄캄한 실내에, 연회장의 높고 넓은 천장에 가득히 별이 비치고 있었다.

"……3권, 마지막."

신랑이 중얼거렸다.

"예. 야나가와 님의 〈마른 우물☆SCOPE〉 3권 라스트 신의 밤하늘을 재현한 간이 플라네타륨이에요."

마지막 두 페이지에 양면 가득 그려진, 에토와 재회한 동료들이 새로이 출발을 결의하고 올려다본 밤하늘.

저 만화를 읽고 떠올렸을 때는 이미 피로연 진행이 모두 전해져서 새삼스럽게 끼워 넣지 못했던 연출을, 어제 조명 담당에게 억지를 부리고 도움을 받아서 밤새 준비했다.

"굉장해……! 저기, 친구들한테도 보여주고 싶으니까, 여기로 와도 될까요?"

"물론이죠. 저도 오늘은 수면실에서 묵을 테니까, 마음껏 보내도록 하세요."

타즈 님이 친구분들을 불러오자 다들 일제히 함성을 터뜨렸다.

"이거 그거지? 야나가와 만화의 별." 역시나 천문 동아리 동료들인 만큼 다들 한눈에 알아차렸다.

"다들 읽고 있구나."

"당연하잖아!"

취기가 깬 것처럼 옛 친구들과 함께 흥분한 가운데, 카드 키를 건네고 나는 사무실로 돌아왔다.

수면실에서 묵는다……고는 했지만, 사실 만실인 오늘은 숙박부의 야근 스태프도 많아서 수면실은 만원이었다. 브라이덜과에 수면실은 없으니 어떻게 할까…… 그런 생각을 하는 사이, 어젯밤 철야의 영향인지 내 책상에 앉은 채로 어느샌가 의식을 놓고 있었다.

"———커걱!"

스스로도 참으로 추녀다운, 호쾌한 코골이에 놀라서 눈을 떴다.

"아침……?"

침을 닦으며 책상에 엎드려 있던 상체를 일으키자 어깨에서 무언가가 흘러내려 바닥에 툭 떨어졌다.

"모포? 나 이런 걸 덮었던가……."

주워 들고 고개를 들자, 사무실에 한 사람 더 있는 것을 깨달았다.

어중간하게 닫힌 블라인드 사이로 비치는 햇살이, 역시나 책상에 엎드려서 자고 있는 과장의 몸 위에 줄무늬를 떨어뜨렸다. 빛의 선이, 균형 잡힌 골격과 근육의 요철을 떠오르게 했다. 구부린 등이 천천히 위아래로 움직일 때마다 쌕 쌕 조용한 숨소리가 들렸다.

"──!"

일어서다가 그만 의자를 넘어뜨리고 말았다. 그 소리에 눈을 떴는지 빛 가운데, 과장이 천천히 긴 속눈썹을 들어 올리고 눈을 떴다.

"……아, 나도 잠들어버렸나."

"과장님…… 왜 여기에?"

"어제는 바빠서 나도 피곤했던 모양이야. 내 일이 끝나면 너도 깨워서 돌려보낼 생각이었는데, 나도 어느샌가 잠들어 버렸군."

바빴다니……? 내가 어젯밤 여기로 돌아온 게 분명히 열한 시 반을 넘어서다. 과장은 그 후에 여기로 왔다는 거야?

"그렇게나 늦게까지, 뭘 했나요?"

"타즈 님 말이야. 이쪽으로 오는 방법을 준비한 이상, 전원 무사히 귀가하신 걸 확인하지 않고서는 안심할 수 없다고. 그리고 좌석 수배에 경비 승인을 얻을 틈이 없어서 나중에 올리게 되어버렸으니까, 그 조정이라든지 이것저것."

아── 그렇다, 타즈 님의 친척분들께는, 나는 신칸센을 제안했을 뿐이지 뒷일은 거의 과장한테 고스란히 맡겼다.

"죄, 죄송해요! 정말로……."

"그러니까 그건 내 일이니 신경 쓰지 말라고 했잖아. 너는 네 일을 했을 테지."

"과장님……."

게다가, 라는 말 사이에 과장의 표정은 꽃봉오리가 터지듯이 부드러워지고, 예의 왕자님 얼굴이 되었다.

"덕분에 카스미 씨와 같이 아침을 맞이할 수 있었으니까, 기쁠 정도예요."

아침의 아련한 빛에 둘러싸여서, 갈색의 투명한 앞머리와 긴 속눈썹, 유리구슬처럼 투명한 눈동자. 그것들 모두가 내게로 향했다.

"일어나자마자 눈이 뜨일 법한 추녀의 얼굴을 볼 수 있다니, 이 이상 포상은 없어요."

그렇겠죠.

알고 있었다. 역시나 이미 알고 있었다고요, 당신은 이런 사람이라고.

하지만…… 신기하게도 이제 화는 나지 않는다.

"아…… 실례, 이런 이야기는 하면 안 되지."

"예……?"

B의 전장

갑자기 냉담한 얼굴로 돌아와 버린 것을 보고 가슴속이 서늘해졌다. 얼음에 균열이 간 것 같은 아픔을 느꼈다.

자기가 한 말인데.

내쳐진 것 같은 기분이 들다니———— 나는 제멋대로다.

"……과장님."

차가운 시선을 견디고, 불렀다. 이건 일 이야기라고 마음속으로 변명하며.

"어제…… 아니, 그저께? ……절 질타해줘서, 고마웠어요. 과장님의 말대로, 죽을 만큼 발버둥 쳤더니 아직은 할 수 있는 일이 있었어요."

말없이 돌아오는 옅은 미소가 아침에 녹아드는 것 같았다.

금색의, 끈적끈적한 액체 같은 아침 안에서, 우리는 말만을 나누지 않고, 서로를 마주 보고 있었다. 이윽고 누가 제안한 것도 아니고, 탕비실에서 탄 커피를 둘이서 마셨다. 역시 대화는 없었다. 하지만 웃어버릴 것만 같이 아침에 너무나도 잘 어울리는 그 감미로운 향기 역시도, 부드럽게 자리에 녹아들었다.

"안녕하세요!"

하나오카가 가장 먼저 출근하자 사무실의 침묵이 깨졌다.

"선배님도 과장님도 어제 안 돌아가셨나요? 수고하시네요
—. 이제 돌아가나요?"

"아니, 아직 좀 더 남아 있을 거야. 묵으신 손님이 체크아
웃하실 때까지는 있을 생각."

오늘은 일요일이라도 불멸**이라서 결혼식이 한 건도 없
는, 브라이덜과에서는 드물게도 한가한 날이다.

예약도 없으니까 돌아가도 된다고 그러지만, 청소를 돕거
나 사무 업무를 소화하며 시간을 보내기로 했다. 어떻게든
묵으셨다고는 해도 갑자기 준비하느라 좁은 방이 되어버린
것을, 적어도 돌아가실 때 한마디 사죄드리고 싶다.

그렇게 생각했더니, 연회장에 갔던 하나오카가 사무실로
다시 뛰어왔다.

"서, 선배님! 연회장에서 사람이 자고 있어요!"

"어…… 아아! 야나가와 님과 타즈 님의 친구분일지도."

그랬다, 나중에 정리하러 갈 생각이었는데 그대로 잠들어
버렸다.

황급히 연회장으로 갔더니 이불을 든 사람들이 우르르

** 佛滅. 음양도에서 만사가 불길하다고 여겨지는 흉일.

B의 전장

나오는 참이었다. 그중에는 숙박 예정에 없었던 분의 얼굴도 있었다.

"야나가와 님? 타즈 님도!"

"아, 호조 씨, 미안해요. 저희는 신혼집으로 돌아갈 예정이었는데, 어젯밤 여기서 이야기가 그치질 않는 바람에……."

"그리고 관동에 살아서 숙박 예정이 없었던 녀석들까지 몇 명인가 같이 신이 나서 노는 바람에…… 미안해요."

"아, 아뇨……. 저기, 여기서 주무셨나요?"

두 분은 얼굴을 마주 보고는 동시에 머리를 숙였다.

"죄송해요! 멋대로 이런 곳에서 자버려서. 다 같이 천장의 별을 올려다봤더니 학창 시절 동아리에서 간 천체관측 합숙 같아서…… 즐거워서요. 다들 그립다며 이야기를 나누는 사이에 점점 시간이 지나서, 돌아가고 싶지 않다며."

"정말로…… 즐거웠어요. 그 무렵의, 반짝반짝하던 시간을 되찾은 것 같아서."

그렇게 이야기하는 두 분의 얼굴이 무엇보다도 반짝반짝해서, 나는 그만 기뻐졌다.

"그런가요? 하지만 여긴 춥고, 맨바닥에서는 주무시지 못하셨을 텐데. 방도 좁으니까 죄송합니다만……."

"아뇨. 오히려 모처럼 모두 같이 만날 수 있었는데 잠들어 버리는 게 아까워서, 결국 여기서 계속 이야길 했거든요. 7년 만에 모인 어제, 이런 장소를 만들어주신 것에 감사하고 있어요. 객실도 다섯 곳이나 준비해 주셨으니까 다들 샤워도 할 수 있었고, 지친 사람은 제대로 침대에서 쉬었어요."

여성들 몇몇이 "저 방, 공주님 방 같아서 귀여웠지!" "특별한 기분을 느낄 수 있었어요, 평범한 방보다 득 본 기분" 등등 기쁜 듯 말씀하셨다.

"저는 터무니없는 실수를 저지르고 말았는데, 그렇게 말씀해 주시다니…… 타즈 님의 친척분들께서는 결국 묵고 가시지도 못하셨고요."

"그런 거, 이제 괜찮아요. 아버지도 도리어 좋아했고."

대화를 가로막듯이 키요미 님의 휴대전화가 울렸다.

"아, 잠깐만요, 마침 아버지 전화예요. ……예, 아버지? 응, 지금 돌아가려던 참이야. 응, 결국 우리도 묵었거든. 아직 르미에에 있어. 응, 뭐? 멍게? ……아, 호조 씨? 응, 호조 씨도 여기 있어."

키요미 님은 천천히 휴대전화를 내게 건넸다.

"아버지가, 바꿔 달라고."

"예? 아, 예."

이번 일을 다시금 사죄하고자 휴대전화를 귀에 댄 순간,

"음!"

사죄마저도 날려버리는 큰소리가 귓가에 울렸다.

"음! 그래! 하야부사 얼굴, 엄청 길었다! 이야~ 깜짝 놀랐어!"

"아, 예?"

"그러니까, 홋카이도 신칸센 말이야! 하아—, 대단하네."

"그, 그 일 말인데, 이번에는 정말 폐를 끼쳐서 죄송했습니다. 사실은 천천히 1박 하실 예정이셨는데."

됐다됐다, 전화에서 그런 목소리가 들렸다.

"우리는 내지로 간다면 비행기니까, 신칸센이라는 것도 한번 타보고 싶었거든. 하네다까지 환승해서 하는 것보다 편하고 비행기보다 훨씬 넓어서, 이야— 좋았어. 친척 녀석들도 다들 기뻐했다고. 이것 참, 자네한테는 감사해야겠네."

"그건 다행입니다. 하지만, 돌아가시는 수배는 전부 쿠제과……."

"아, 그 남자다운 과장 말이지, 어제는 늦게까지 있으면

서, 도착할 무렵에 전화해주더군. 과장이 그랬다고, 자네를 오해하지 말아 달라고 말이야."

"예……? 저를, 말씀이세요?"

"그래. 숙소 수배는 깜박했지만, 자네는 결코 키요미랑 남편을 적당히 생각해서 그런 게 아니라고. 예약 전화를 받았을 무렵에는 마침 자기가 막 부임해서, 부하들도 혼란스러웠던 탓이라고. 자네는, 사실은 최고의 프래, 프래너? 뭐랬더라."

"과장이, 그런 말을……."

"실제로, 피로연이라는 것도 멋졌으니까. 어제도 키요미한테 전화로 들었는데, 그 후에도 연회장에서 멋진 걸 했다지? 고작 하루 만에 그런 걸 하다니, 자네도 참 힘들었겠어."

"타즈 님……."

그럼, 고마웠네. 그리고 전화가 끊어졌다.

휴대전화를 돌려주자 키요미 님과 야나가와 님, 붙어 서 있던 두 분이 나를 향해 깊이 머리를 숙였다.

"저희, 여기서 결혼식을 올려서—— 호조 씨가 담당해줘서, 정말 다행이에요. 한때는 어떻게 될까 싶었는데……. 호조 씨가 포기하지 않고 뛰어줘서, 정말로 어떻게든 되는 걸

봤더니……. 뭔가, 어떤 때라도 포기하지 않으면 길은 찾을 수 있다고 배우게 된 것 같아요. 게다가 이렇게나 멋진 추억까지 만들어주시고."

신부의 말에 신랑도 끄덕이며 뒤를 이었다.

"사실은 제 만화, 요즘 좀 막혀 있었거든요. 항상 이 사람이랑 스토리를 생각했는데, 둘 다 소재가 떨어져서……. 솔직히 더는 계속할 수 없겠다는 생각까지 했어요. 하지만 어젯밤에 저 천장을 올려다봤더니, 역시나 아직 더 그리고 싶다는 기분이 맹렬하게 샘솟아서. 그랬더니 밤새 모두 신이 나서 이야기하는 사이, 대화 중에 점점 아이디어가 떠올랐거든요. 지금은 한시라도 빨리 그리고 싶어서 근질근질해요!"

신부가 웃고, 나도 이끌려서 웃었다.

"앞으로 어떤 일이 있어도 둘이서…… 아니, 저희에게는 많은 동료도 있으니까, 때로는 도움을 받으며 함께 극복하자고 생각했어요. 정말로…… 감사합니다!"

나는 다시금 깊이, 깊이 머리를 숙였다.

"저야말로…… 감사했습니다. 그리고, 축하드려요!"

수줍은 듯 살짝 미소 짓는 두 분에게, 주변의 친구분들도 "축하해—!"라며 시끌벅적했다. 신랑 신부와 초대 손님의 가득한 웃음이 이 자리에 넘쳐흘렀다.

아아. 역시 더더욱, 말이 필요하다. 지금 이 마음을 남김없이 전할 수 있을 법한 말이.

언젠가, 그런 말을 찾아내고 싶다.

모두를 배웅하고 연회장의 뒷정리, 청소를 하고 브라이즈룸을 원상복구──하는 사이에, 결국 만 하루 출근한 것과 별 차이가 없어져 버렸다.

오후 네 시가 지나서 간신히 돌아가자고 로커에서 옷을 갈아입는데, 주머니에서 스마트폰이 진동했다. 타케우치 씨의 메시지였다. 그저께 갑자기 취소해버린 데이트 약속을 언제 다시 잡을지 내게 물어봐주었다.

옷을 갈아입고 로커 거울로 가볍게 매무새를 가다듬은 뒤, 바로 화단으로 향했다.

유리 너머로 나를 알아차린 타케우치 씨는 꽃처럼 환하게 표정이 풀어졌다. 가게 안에는 타케우치 씨 혼자. 오래된 꽃을 뽑는 작업 도중이었는지, 손에 거베라 몇 송이를 든 채로 자동문 앞까지 와주었다.

"수고했어, 큰일이었나 보네. 이제 괜찮아?"

"예, 걱정 끼쳐서 미안해요. 제 실수로 한때는 큰일이 벌어질 뻔했는데, 모두에게 도움을 받아서 어떻게든 됐어요."

그런가, 다행이네. 그러면서 미소 짓는 타케우치 씨.

양지처럼 다정한, 그 미소다. 포근포근 따뜻하고, 언제까지고 그곳에서 웅크려버리고 싶은, 그런 미소.

"우리도 어제, 그저께는 숙박 중인 선수 방 앞으로 주문이 많아서 바빴는데, 오늘로 대회도 끝이니까 싹 빠졌어. 나도 꽃도 흐물흐물해."

흐늘, 타케우치 씨는 손에 든 줄기가 긴 거베라를 흔들었다.

"그래서, 데이트는 언제 할래? 호조 씨가 마음이 바뀌지 않았다면 말이지만."

농담처럼 말하는 타케우치 씨. 나는 목소리를 짜냈다.

"미안해요…… 마음이, 바뀌었어요."

타케우치 씨는 어, 하며 눈을 크게 뜨고 움직임을 멈췄다.

"농담…………은, 아닌가?"

하하…… 하고 메마른 웃음이 허공으로 퍼졌다.

"정말 미안해요. 하지만 저, 타케우치 씨와는 사귈 수 없어요."

이거 뭐야, 미소녀의 스테레오 타입 같은 대사. 추녀 주제에 난 대체 무슨 말을 하는 걸까?

"타케우치 씨의 말은 항상 다정하고, 안심시켜주고……. 타케우치 씨와 있으면, 제가 평범한 여자가 된 것 같이 느껴져요. 타케우치 씨는 제가 추녀라는 걸 잊게 만들어줘요. 타케우치 씨와 함께라면 틀림없이 행복해질 수 있을 거예요."

두려움 없이 본심을 드러내자면, 솔직히 아쉽다고 생각한다. 지금 내가 하는 일은 배가 고파서 죽을 것 같은데도 눈앞에 있는 과자의 집에 스스로 불을 지르는 것이나 마찬가지.

이런 멋진 사람, 틀림없이 더 이상 나타나지 않는다. 게다가 이런 추녀인 내게 호의를 가져주다니, 이 사람이 단 하나 주어진 운명의 사람이 틀림없다는 확신조차 있었다.

타케우치 씨와 있으면 즐겁고, 두근두근하고, 둥실둥실하고……. 그러니까 이렇게나 괴롭다. 목이 조여들고 속이 뒤틀린다.

"그럼, 어째서……."

"저 틀림없이, 타케우치 씨라면 할 수 있거든요."

이어질 말을 묻듯이 내 얼굴을 들여다보는 타케우치 씨. 나는 말을 이었다.

"타케우치 씨의 결혼식을, 저는 플래닝할 수 있을까 상상했어요. 타케우치 씨와 누군가 다른 여성을 위해서⋯⋯⋯. 저는 틀림없이 진심을 담아서, 두 분께 최고의 플래닝을 할 거예요. 타케우치 씨는 행복해졌으면 하니까⋯⋯. 제 모든 것으로, 진심으로 축복할 거예요."

거짓 없는 내 본심에 타케우치 씨는 복잡한 표정을 드러냈다.

"⋯⋯⋯⋯누군가 축복할 수 없는 사람이, 있어?"

나는 몸이 움찔 굳어졌다. 잠시 후, 작게 고개를 끄덕여 답했다.

"⋯⋯단순히, 싫어서 그럴지도 모르겠어요. 정말로 무신경한 사람이고, 그 사람은 제가 추녀라는 걸 깨닫게 만들어요. 그 사람의 말은 아프고, 기분 나쁘고, 때로는 살의도 솟구치지만요."

입술을 꽉 깨물었다. 이런 대사, 거짓말이라도 평생 못 할 거라고 생각했다.

"하지만…… 추녀로 태어나서 다행일지도, 그렇게 생각하게 만들어줄 때가 있거든요. 아픈 심정을 잔뜩 느꼈지만, 아플수록 깎이고 마모되는 것 같았어요. 나는 다이아몬드 원석이 아니지만 흙 경단도 갈고 닦으면 빛난다고, 그런 식으로 생각한 적이, 있거든요……."

혹시 저 사람이 누군가 다른 여성과 결혼식을 올린다면.

시원할지도 모른다고 생각하는 한편, 어딘가 답답하고 가슴에 기분 나쁜 감촉이 남는다. 생각한 것만으로 마음이 물결치고, 술렁술렁하고———— 혹시 내게 플래닝을 부탁한다면 나는 틀림없이 거절해버릴 것이다.

나를 프로 플래너로 존재할 수 없게 만드는, 유일한 결혼식.

"그 사람이, 좋아져 버렸구나."

그 말은, 우물에 빠뜨린 돌처럼 깊은 바닥으로 가라앉고, 물속에서 침전물을 떠오르게 했다.

나는 천천히 끄덕였다.

미안해요.

나한테 다정하게 대해준 숲의 사냥꾼. 조용히 숲에서 살면 될 것을, 스스로 마을로 나가서 얻어맞고 으깨어지는 바퀴벌레 같은, 어리석은 추녀를 용서해주세요.

긴 침묵 후. 깊은 한숨을 내쉬고 타케우치 씨는 말했다.

"모쪼록, 행복하라고."

쓸쓸하게 웃는 타케우치 씨에게 나는 고개를 가로저었다.

"행복해질 수는, 없다고 생각해요. 그 사람은…… 조금 이상한 기준을 가져서, 그것에 들어맞으니까 저한테 구애할 뿐, 정말로 저 자신을 좋아하는 건 아니거든요. 사람을 진귀한 물건처럼 말하니까, 실례되는 사람이에요."

내가 바란다면 아마도 사귀는 건 간단하겠지.

하지만 틀림없이 저 사람과 진정한 의미로 서로를 사랑할 수는 없겠지. 저 사람은 날 위해서 이런 힘겨운 심정을 경험할 일은, 틀림없이 없다. 그는 월등한 추녀를 반려로 원할 뿐이다. 만에 하나 좀 더 굉장한 추녀가 나타난다면, 간단히 갈아타는 경우도 있을 수 있다.

눈을 내리깐 내게 타케우치 씨는 말했다.

"솔직히 말하면 말이야, 진귀한 물건이라고 생각했던 건 내 쪽이야."

고개를 들자 그는 얼굴을 반쯤 찌푸리고, 곤란하다는 듯 수줍다는 듯, 하지만 어딘가 센 척하는 표정을 짓고 있었다.

"사실은 훨씬 전부터, 호조 씨는 착한 아이라고 생각했어. 하지만 마음속 어딘가에, 이 아이의 귀여움을 알아차린 건 나뿐이라며 방심하고 있었던 거야. 그러다가 다른 남자가 들이댄다는 말을 듣고, 허둥지둥 데이트를 권유했다가…… 늦은 거지."

말하면서 무료함을 메우듯, 거베라를 흔들며 만지작거렸다.

"하지만 그 사람은, 처음부터 제대로 호조 씨한테 부딪쳤잖아? 멍청하게 있다가는 금세 누군가에게 뺏길 정도로 매력적인 여성이라는 거, 제대로 알고 있었어. 상대가 안 되겠지. 분하지만, 내 패배야."

티잉, 거베라 끝이 내 머리를 찔렀다.

"아, 미안해. 꽃가루 묻어버렸어."

타케우치 씨가 내 머리에 묻은 황금색 가루를 손으로 털었다.

어쩐지 지금, 마법을 걸어준 것 같은 느낌이었다.

"나도 좀 더, 갈고닦기로 할게."

역시 타케우치 씨는 멋지다.

안녕, 내 운명의 사람.

B의 전장

"호조 씨. 돌아간 거 아니었나?"

종업원 출입구 앞에서 마찬가지로 돌아가는 중이었는지 과장과 맞닥뜨렸다.

"조금, 들를 곳이 있어서……. 과장님이야말로 오늘은 차가 아닌가요?"

"아무리 그래도 수면 부족으로 운전하는 건 위험하니까, 오늘은 차를 두고 돌아갈 거야."

그런가요, 라며 맞장구를 쳤더니 과장의 손이 내 머리로 뻗었다. 앞머리에 닿을 것 같아 무심코 대비했다.

"머리에 뭔가, 노란 게……── 아니, 이런 건 좋지 않았지."

손을 쓱 물리고 과장은 눈을 내리깔았다. 또다시 가슴이 살짝 삐걱거렸다.

"아…… 아마도 꽃가루예요. 아까 묻어 버렸으니까."

"꽃가루?"

나는 말없이 끄덕이고는 출입구를 나가서 한겨울의 차가운 바깥으로 뛰어나갔다. 질리지도 않고 제멋대로 아픔을 느끼는 가슴을, 형편 좋게 기대하고 마는 머리를, 모두 식혀버리고 싶었다.

터벅터벅 걷는 내 옆으로 과장도 따라왔다. 숙인 시선 끝에, 과장의 발걸음만을 바라보며 걸었다. 얼굴은 보이지 않는다……. 과장의 걸음걸이는 이렇게나 거칠었을까.

대화도 없이, 보행자 통로를 척척 걷는 두 사람.

……나는 바보다.

자기가 먼저 거절해놓고. 이제 와서 자기 마음을 깨닫고. 새삼스럽게 무슨 말을 하면 좋다는 거야?

요전에 한 말을 사과하고, 취소한다? 그런다면 간단히 용서해줄지도 모른다. 그리고 당신이 좋다고 말한다면, 사귈수 있을지도 모른다. 그러기는커녕 결혼까지 단숨에 진행될지도 모른다. 그게 말이지, 나는 추녀이고 과장은 추녀 취향이니까.

하지만 아니다. 내가 바라는 것은, 그게 아니다.

……마음을, 원하다니.

추녀 주제에, 이 어찌나 욕심쟁이. 그렇게나 상대의 마음을 원한다면, 제대로 마음으로 통할 수 있는 사람을 선택하면 되었을 텐데. 도저히 서로 이해할 수 없는 이 사람이, 나를 진심으로 좋아하길 바란다니———— 나는 바보다.

고개를 숙이고 우, 좌, 우. 교대로 튀어나오는 자신의 발끝만을 가만히 바라보며 계속 걸었다. 보조를 점점 올리지만 아직 과장은 딱 붙어서 온다. NTT도코모 빌딩 앞을 왼쪽으로 꺾어서, 느티나무 광장에 들어선 참에, 과장이 외쳤다.

"——잠깐만, 기다려주세요!"

큰소리에 놀라서 무심코 걸음을 멈췄다. 올려다보니 과장이 미간을 찌푸리고서 화난 것 같은 표정을 짓고 있었다.

"역시 안 돼."

"뭐, 뭐가 말이죠……?"

겁먹으며 묻자 과장은 천천히 손수건을 꺼내어 내 앞머리를 건드렸다.

"이 꽃가루……. 꽃집에서 묻은 거겠죠?"

"예? 아, 예, 그런데요……."

머리카락을 손끝으로 하나씩 닦는 동작은 정중한 것 같으면서도, 손의 움직임은 서두르듯이 빠르고 묘하게 거칠었다. 같은 동작을 되풀이하는 사이에 점점 거칠어지는 것 같았다.

끝내는 머리카락을 힘껏 잡아당겨서 나는 "아얏" 하고 목소리를 높였다. 씐 것처럼 말없이 머리카락을 닦던 과장도 "아아, 정말!" 하고 울부짖듯이 신음했다.

"잠깐, 아프다고요. 뭔가요, 대체. 뭘 짜증 내는 건가요?"

나도 마찬가지로 짜증스럽게 소리쳤다.

"……역시 카스미 씨, 앞머리 잘랐죠?"

"그러니까 안 잘랐다니까요! 다음에 자르면 알리는 엽서 보낼게요."

적당히 대답하자 과장은 내 어깨를 양손으로 붙잡았다. 비싸 보이는 손수건을 땅에 떨어뜨리는 것도 개의치 않고 지근거리에서 얼굴을 들여다봤다.

"역시 뭔가, 변했죠? 화장인가요? 미니 성형이라도 했나요? 아니면 말랐나? 살쪘나? 뭔가 했죠, 했다고 말해주세요!"

"가, 갑자기 대체 왜 그래요……."

과장은 미간을 확 늘어뜨리고 정면에서 잡아먹을 듯이 나를 바라봤다.

"…………내 이상적인 여성이, 아닌 것 같아서요."

"예?"

"이상해……. 카스미 씨, 당신 확실히 추녀였죠? 어디 내놔도 부끄럽지 않은 어엿한 추녀, 아니, 보는 사람 모두를 놀라게 만들 법한 경이로운 추녀, 버거울 정도로 상식 밖인 추녀, 인지를 초월한 역사적인 추녀였을 텐데."

"저기, 이제 그쯤 해줄래요?"

과장은 오른손으로 머리를 부여잡고 스스로와 대화하듯 중얼중얼 계속 중얼거렸다.

"내가 원하는 파트너는 완벽한 추녀인데. 추녀가 아니었다면, 내 이상의 상대가 아니야. 흥미가 사라질 텐데…… 어째서…………. 전보다도 더더욱, 카스미 씨가 참을 수 없이 신경 쓰이는 건가요?"

깔끔하게 가다듬은 머리를 쥐어뜯고 원망스럽게 나를 노려보는 과장.

"카스미 씨만 생각하면 차분해지질 않고, 스스로도 영문 모를 행동만 취해버리고……. 카스미 씨가 다른 남자와 대화하고 있으면 머리가 돈다고요. 짜증이 난다고요. 이런 거—— 꽃가루 따윌 묻히고 있는 건, 절대로 용서할 수 없다고요!"

"저기…… 그건, 무슨……?"

영문을 모르겠다. 하지만 나 이상으로 과장이 더 혼란스러워 보였다.

"……………카스미 씨가, 귀엽게 보여요."

마치 토라진 어린아이처럼. 귀를 붉히고, 거의 울 것 같은 표정으로, 말했다.

"과장님——."

그 순간, 빛이 번쩍였다.

그곳부터 도화선에 불이 붙은 것처럼, 눈 부신 빛이 늘어나고 퍼졌다.

오후 다섯 시—— 느티나무 광장의 일루미네이션이 일제히 점등. 빛이 어둠을 짙게 만들고, 먹색의 저녁 하늘을 한순간에 수천만 개의 별들이 빛나는 밤으로 바꾸었다.

잔디 광장에서 놀던 아이들이 함성을 터뜨리고, 어른들이 감탄으로 술렁였다. 금은보화를 흩뿌린 것 같은 블루나 화이트, 골드 등등의 전구 장식이 밤에 스며들어 홍수처럼 빛의 샤워가 쏟아졌다. 빛의 바다.

"과장님……."

마주 보는 과장과 나. 단둘이서 별이 빛나는 하늘에 떠 있는 것 같다.

"스스로도, 어쩌면 좋을지 모르겠어요……. 카스미 씨를 소중히 대하고 싶은데도, 생각대로 되지 않아서 괴로워요."

일루미네이션의 빛이, 고통으로 일그러진 아름다운 얼굴을 비추었다. 마치 구원을 바라는 것처럼, 매달리는 것처럼 나를 바라보는 눈동자.

"……그거 틀림없이, 절 좋아하는 거예요."

이 얼굴로는 도저히 할 수 없을 것 같은 말이, 자연스럽게 입에서 나왔다.

"저도, 과장님이 귀엽게 보여요."

이렇게나 예쁘고, 예리하고 의연하고, 이 정도로 완벽하고, 그런데도 치명적인 변태이고.

적어도 이런 말은 절대로 들어맞지 않을 텐데. 지금, 내게는 이 사람이 어찌할 도리 없이 귀엽게 보였다.

어떤 얼굴이라도 운명의 상대한테는 세상에서 가장 귀여워 보이게 되거든. 그렇게 말하던 어머니를 떠올렸다. 그 말의 진정한 의미를, 지금, 간신히 알 수 있었다.

"아니, 확실히 난 카스미 씨를 좋아했지만, 하지만 지금은 카스미 씨가 귀엽게 보인다는 건, 나는 좋아하는 게 아닐 텐데……?"

"아아, 정말이지. 됐어요."

한 걸음 다가갔다. 그것만으로 내 이마가 과장의 가슴께에 파묻히고, 몸은 폭 뒤덮였다. 과장은 당황하는가 싶었지만, 의외로 자연스럽게 큰 양손으로 내 등을 감쌌다.

느껴지는 과장의 향기를, 체온을 사양하지 않고 내 것으로 삼았다.

"카스미 씨⋯⋯. 지금, 또, 더 귀여워졌어요⋯⋯⋯⋯. 곤란하네요."

"곤란하다면 떨어지세요."

⋯⋯아니에요. 라고, 체념한 듯, 하지만 단호하게, 그는 말했다.

서로를 끌어안은 절세의 미남과 절세의 추녀.

동화에서도 있을 수 없다.

하지만 이곳은 기계로 만든 마법의 숲. 콘크리트 인공 지반에 심은 느티나무가 질서정연하게 늘어서 있고, 무수한 LED의 별이 반짝이는, 이런 기묘한 숲에서라면, 틀림없이──

──── 마법사가, 왕자님과 이어져도 된다.

ever after—— 그리고 두 사람은, 언제까지나 언제까지나, 행복하게 살았——

"……추녀는 3일이면 익숙해진다고 그러는데, 정말이었군요."

"…………예?"

지금 뭐라고.

"저 자신이 카스미 씨의 추함을 실감할 수 없게 되어버린 것은 부끄럽기 그지없지만, 이것 또한 카스미 씨가 진정한 추녀라는 증명이겠죠……. 자랑스럽게 생각해요."

반짝반짝, 일루미네이션의 빛을 튕겨내듯이 아름다운 미소를 건네는 과장을 올려다보고———— 나는 몸을 슥 물려 그의 품에서 벗어났다.

"카스미 씨? 왜 그래요?"

부들부들 전율하며, 나는 한 걸음, 또 한 걸음, 천천히 뒷걸음질 쳤다.

"우리는 같은 마음이죠? 자, 다시 한번 제 품으로 뛰어들어요!"

가득히 빛나는 별들 가운데, 만면의 미소로 양팔을 벌리는 왕자님.

"같지 않아." 같을까 보냐. "역시………… 이런 사람과는 서로 이해할 수 없어!"

"어째선가요, 카스미 씨? 저한테 뭔가 불만이 있나요? 나쁜 점이 있다면 말해줘요, 고칠 테니까. 카스미 씨를 위해서라면, 저는 뭐든."

"추녀 취향."

"예?"

"추녀 취향…………——— 추녀 취향을 고쳐요!"

겨울 벼락을 맞은 것처럼 놀라서 우뚝 서버린 과장. 평생 거기서 절망해라.

나는 빙글 발길을 돌리고 전력으로 달려갔다.

"…………카, 카스미 씨…… 카스미 씨—!"

가죽 신발은 유리와 달라서 발에 착 달라붙고, 한쪽이 벗겨지지도 않았다.

어머니.

사이타마의 겨울은 그럭저럭 춥고, 제 마음에는 빌딩풍이 불고 있어요.

봄은 아직 멀었나 봐요.

262   B의 전장

B의 전장 사이타마 신도심 브라이덜과의 공방

2024년 10월 25일 1판 1쇄 발행

저　　　　자 유키타 시키
옮　긴　이 손중근
발　행　인 유재옥

이　　　　사 조병권
출 판 본 부 장 박광운
편 집 1 팀 박광운
편 집 2 팀 정영길 조찬희 박치우 정지원
편 집 3 팀 오준영 이소의 권진영
디 자 인 팀 김보라 차유진
라　이　츠 김정미 맹미영 이윤서
디지털사업팀 박상섭 김지연 윤희진
영업마케팅팀 최원석 이다은
물　류　팀 허석용 백철기
경 영 지 원 팀 최정연
발　행　처 (주)소미미디어
발　행　등　록 제2015-000008호
주　　　　소 서울시 마포구 토정로 222, 502호(신수동, 한국출판콘텐츠센터)
판　　　　매 (주)소미미디어
제　작　처 코리아피앤피
전　　　　화 편집부 (070)4260-3960 (070)4260-1391 기획실 (02)567-3388
　　　　　　　　판매 및 마케팅 (070)8822-2301, Fax (02)322-7665

ISBN 979-11-384-8453-4 (03830)